내가 바로
그 악마입니다

작가의 말

내가 좋아하고 열광하던 연예인이, 내가 응원하고 있는 오디션 프로그램 참가자가 어느 날 학창 시절 폭력을 휘두르던 인물로 밝혀진다면 어떤 심정일까요?

우선 충격이 크겠지요. 그동안 속은 것에 대한 배신감, 배반감에 화가 날 거예요. 응원하며 애정을 쏟은 것도 후회가 되고요.

이러니 실제로 피해를 본 당사자는 어떻겠어요. 날 못살게 들볶고, 따돌리고, 폭행을 일삼으며 괴롭히고, 온갖 셔틀에 돈까지 뜯으며 학창 시절을 망친 장본인이 TV에 나와 멋있는 척, 순진한 척을 다 하며 노래하고 춤추고 연기하는 모습을 봐야 하니 말이에요.

인기를 얻겠다고, 성공하겠다고 깨춤을 추는 가해자를 보면서 피해자는 얼마나 고통스러울까요.

가까스로 아물던 상처가 덧나고, 끔찍한 과거가 떠올라 억눌러왔던 분노가 치밀고, 트라우마가 되살아나 힘든 나날을 보내게 되겠지요.

요즘도 가끔 연예인(혹은 TV에 출연한 연예인 지망생)이 학창 시절 학교 폭력을 저질렀다는 폭로 글이 SNS, 온라인 커뮤니티 등 인터넷을 뜨겁게 달구곤 하죠.

'연예인 학폭' 사건이 터질 때마다 사실이냐 아니냐 논란이 일고, 당사자가 프로그램에서 중도 하차하기도 하고, 사과문을 발표하고 계속 활동을 밀고 나가는 이, 법적으로 대응하겠다는 이, 중도 하차했다 다시 활동을 재개하는 경우 등 반응도 결과도 여럿이더군요.

그들이야 어떻게든 과거를 덮고 연예 활동을 계속하고 싶겠지만,

그들을 다시 보아야 하는 피해자의 고통은 이루 말할 수 없죠. 나를 괴롭힌 애가 TV에 나오고, 앞으로도 계속 그를 보면서 살아가야 하는 건 고문이고 지옥이니까요. 과거를 망친 것으로도 모자라 현재는 물론 미래까지 망치는 일이기도 하고요.

이렇게 속수무책으로 2차 피해를 당해야 하는 현실에 화가 났어요. 또 시청자들, 특히 청소년들이 그들을 보면서 '과거에 나쁜 짓을 하고 못되게 굴었어도 사람들이 좋아하고 활동하는 데 문제가 없다.'고 생각할까 봐 염려가 되기도 했고요.

뭐라도 해야 했고, 그래서 나온 게 이 책입니다.

학교 폭력, 가정 폭력, 성폭력, 언어폭력 등 종류가 어떻든 폭력은 남을 해치고 망가뜨리는 행위죠. 육체적 고통을 안겨 줄 뿐만 아니라 자존감에 상처를 입히고, 심리적으로 위축시켜 무기력증에 빠지게 하는 등 정신적으로도 큰 피해를 남기니까요.

어릴 때 저지른 폭력도 쉽게 용서하고 넘어갈 일은 아니라 생각해요. 그건 똑같이 어린 나이에 피해를 본 상대가 있다는 말이고, 또 어릴 때 받은 상처는 더 크고 깊고 오래가니까요.

세상에 태어나 좋은 일은 못 해도 최소한 남을 해치는 행동은 삼가야 하지 않을까요?

그런데 이도 쉽지가 않죠. 감정은 울퉁불퉁해서 중심을 잡는 게 쉽지 않고, 마음속 기울기에 따라 천사도 될 수 있고 악마도 될 수 있는 게 사람이니까요.

그러니 우선 나부터 살피고 점검하고 단속해야 할 것 같아요.

이런 노력이 더해져 이성이 빛을 발하고, 선한 마음이 번져 내일은 더 평화롭고 행복했으면 좋겠습니다.

지은이 서석영

내가 바로 그 악마입니다

1판 1쇄 | 2020년 9월 25일
1판 3쇄 | 2022년 1월 5일

글 | 서석영

펴낸이 | 박현진
펴낸곳 | (주)풀과바람
주소 | 경기도 파주시 회동길 329(서패동, 파주출판도시)
전화 | (031) 955-9655~6
팩스 | (031) 955-9657
출판등록 | 2000년 4월 24일 제20-328호
블로그 | blog.naver.com/grassandwind
이메일 | grassandwind@hanmail.net

편집 | 이영란
디자인 | 박기준
마케팅 | 이승민

ⓒ 글 서석영, 2020

값 12,000원
ISBN 978-89-8389-859-3 43810

※ 잘못 만들어진 책은 구입처에서 바꾸어 드립니다.

CIP제어번호 : CIP2020034590
이 도서의 국립중앙도서관 출판예정도서목록(CIP)은 서지정보유통지원시스템 홈페이지(seoji.nl.go.kr)와
국가자료공동목록시스템(www.nl.go.kr/kolisnet)에서 이용하실 수 있습니다.

내가 바로
그 악마입니다

서석영 · 글

풀과바람

차례

그가 미쳐가고 있다

현관문 버튼 누르는 소리가 들린다. 그가 돌아왔다. 엄마와 난 눈빛으로 재빨리 위험 신호를 교환하고 서로의 안전을 빌며 각자의 방으로 흩어졌다.

오늘은 조용히 넘어갈까. 닫힌 방 안에서 바깥공기를 진단하려고 귀를 기울인다.

그런데 고민이 된다. 나가서 인사를 해야 하나, 잠자코 그냥 있어야 하나.

"사람이 들어왔는데 코빼기도 안 비추고 이것들이 뭐 하는 거야?"

"이웃 다 들리게 왜 또 큰소리를 내고 그래?"

엄마가 안방에서 나왔나 보다.

그가 내 방에 대고 소리친다.

"싸가지 없이 애비가 돌아왔는데 나와서 인사도 안 하냐? 빌어먹을 놈 같으니라고."

하지만 "안녕히 다녀오셨어요?"라는 말이 입에서 나오지 않는다. 그가 밖에 나가서 하고 다니는 일을 알고 있기 때문이다. 그는 오늘도 도박을 했을 것이고, 돈을 잃었을 것이다. 그는 한 번도 돈을 따지 못하는 눈치다. 쉽진 않지만 따는 사람도 분명 있을 텐데. 그래도 그는 도박을 계속하고 돈을 잃는다. 돈을 잃고는 술을 마시고 돌아와 난동을 부린다.

나는 늘 빈다. 그가 술을 끊을 리는 없으니, 집에 오지 못할 만큼 술을 마시기를. 그런데 그는 집에 들어온다. 집에 돌아올 만큼 양을 조절해 마시나 보다.

그는 맨정신일 때도 위험하지만, 술을 마시면 악마가 된다. 악마가 돌아온 집은 지옥이 되고 엄마와 난 슬픈 노예가 된다.

그가 또 엄마를 때리기 시작했나 보다. 엄마의 울음소리가 들리고 물건 던지는 소리, 타작 소리가 들린다. 가슴이 떨리고 손이 떨린다.

엄마를 잡은 그가 내 방으로 들어올 경우를 대비해 책상에 앉는다. 진정이 되지 않는다. 우리에 갇힌 짐승처럼 방 안을 오락가락한다.

'이럴 때 나는 어떻게 해야지? 그로부터 엄마를 구해야 하나? 아니면 그의 기분이 가라앉기를 기다려야 하나? 지금은 그를 상대할 수 없지만, 이담에 몸이 더 커지고 깡이 생기면 그를 패버릴까? 난 정말 그럴 수 있을까?'

더 고민할 필요가 없었다. 그 순간 방문이 화들짝 열렸으니까.

그가 서 있다. 몸은 흔들거리지만 잡아먹을 듯 날 노려보며 뇌까린다.

"넌 집안이 어떻게 되든 상관없지? 눈 하나 끔쩍하지 않고. 싸가지 없는 놈. 너 같은 건 빌어먹어야 해. 더러운 악마 새끼야"

그가 욕을 뱉을 때마다 나는 욕대로 살고 싶다. 싸가지 없이 그를 패서 패륜아가 되고 싶고, 비렁뱅이가 되어 거리를 떠돌며 빌어먹고, 악마 새끼가 되어 세상을 더럽히고 파괴하고 싶다.

그가 문을 쾅 닫고 나갔다. 하지만 안방으로 들어가진 않을 것이다. 흠씬 패 쓰러뜨린 엄마 옆에 누울 순 없을 테니까. 거실 소파에서 역겨운 술 냄새를 풍기고 드렁드렁 코를 골며 잠을 잘 것이다. 그가 내뿜는 더러운 공기와 소리가 집 안을 가득 채울 것이다.

엄마와 난 그렇게 각방에 격리가 된다. 그는 엄마와 내가 합세하지 못하도록 거실에서 자는지도 모른다. 우리가 합세하면 자신이 위험해질 수 있다고 생각하는지도.

언젠가 기사를 보았다. 오랫동안 가족을 괴롭혀 온 남자를 아내와 자녀들이 합세해 죽였다는. 그도 그 기사를 보았을까.

엄마는 잠이 들었나? 아마 잠이 들었을지도 모른다. 나도 그에게 흠씬 두들겨 맞은 날에는 곤히 잠을 잤으니까.

안방으로 가서 엄마를 보고 싶다. 하지만 그가 거실에 있으니 그럴 수 없다. 엄마는 벌써 곤하게 잠들었는지 모른다. 온종일 일해서 피곤한 데다 맞기까지 했으니 수면법 치고는 최고다.

난 잠이 오지 않는다. 오늘은 맞지 않아서 그런가 보다. 내가 비겁했나? 엄마가 맞고 있는데 가만있은 게 후회가 된다. 그런데 엄마를 구하려면 그를 패야 하는데 그게 쉽지가 않다.

...

부엌에서 물소리가 난다. 엄마가 아침을 준비하나 보다. 나도 학교 갈 준비를 해야겠다.

"엄마, 일어나셨네요?"

차마 "안녕히 주무셨어요?"라고 묻지 못한다. 우리 집엔 어울리지 않는 인사다.

"씻어."

엄마는 내게 얼굴을 돌리지 않고 말한다. 하지만 나는 얼핏 보았다. 맞아 불어터진 얼굴을. 엄마는 그걸 내게 보이고 싶지 않은 거다.

씻고 나오자 엄마는 그새 나갈 차림을 하고 현관으로 가며 말했다.

"동원아, 엄마 바빠 먼저 간다. 밥 먹어."

얻어터진 얼굴을 보이고 싶지 않은 엄마는 거짓말을 한다. 하기야 그 얼굴로 나와 마주 앉아 밥알을 씹어 넘기고 싶진 않을 거다. 그래서 "엄마도 같이 먹어요." 말하지 않았다. 물론 나도 식탁에 손을 대고 싶지 않다.

'식당에 가면 같이 일하는 사람들이 엄마 얼굴을 볼 텐데 어떡하지? 한두 번도 아니니 이해해 주나. 하지만 손님들이 엄마 얼굴을 보면 안 될 텐데.'

주인이 홀 서빙을 권했는데도 엄마가 주방 근무를 고집한 이유를 이제야 알 것 같다. 얻어터지는 게 일상이니 주방에서 일하는 게 훨씬 마음 편할 거다.

학교에서 돌아오니 엄마가 식탁에 차려놓았던 밥그릇이 비어 있다. 그가 먹은 거다. 그 난리를 쳐놓고도 밥을 먹은 거다. 밥을 먹고 집을 나간 거다. 누가 보면 출근하는 보통 가장인 줄 알았을 거다. 도박장을 찾아가는 건데.

억울한 건, 그가 식탁에 차려놓은 밥을 엄마가 자신을 위해 차려놓았다고 생각할 수 있다는 거다. 그렇게 두들겨 패도 밥을 차려 주는 아내를 두었다고 생각하는 게 너무 싫다. 이럴 줄 알았으면 그 밥을 내가 먹어 치웠어야 했나.

그는 며칠 동안 들어오지 않았다. 그가 없으니 평화롭다. 하지만 마냥 평화를 즐길 순 없다. 그는 어딘가에서 도박을 할 것이고 돈을 잃고 있을 거다. 며칠째 안 들어오는 걸 보니 이번엔 큰 장이 열렸나 보다.

엄마와 난 위험한 평화를 즐긴다. 얻어터지는 일은 없으니까. 하지만 엄마와 난 알고 있다. 우리 가정이 구렁텅이로 미끄러져 들어가고 있다는 걸.

그걸 알면서도 엄마는 날마다 일을 나가 돈을 번다. 그가 버리는 돈에 비하면 새 발의 피도 안 되는데.

그가 돌아왔다. 이상하게도 술을 마신 것 같지 않다. 고개를 끄덕였다. 분명 인사이긴 한데 공손하지 않은, 머리 숙이는 각도를 재빨리 짧게 끊는, 내 나름의 인사법이다.

"있었냐?"

그가 할 수 있는 최적의 인사다. 이것 말고는 할 수 있는 말이 없을 거다.

"엄마는?"

그는 알면서도 물었다. 평범한 가장처럼 행동하는 게 싫어 내뱉었다.

"일하러 갔잖아요."

몰라서 묻냐, 엄마는 일하러 갔는데 당신은 뭐 하냐는 투로 말했다. 맨정신이어선지 그의 얼굴엔 부끄러움이 묻어난다. 하지만 이건 내 바람이고 내 착각인지 모른다.

그가 더는 출근하지 않았다. 집에서 온종일 인터넷만 했다.

엄마는 그가 화장실에 들어가는 시간을 기다렸다가 내게 말했다.

"왜 만날 집에 있는 거지?"

"그러게요."

그가 나올까 봐 엄마와 난 순식간에 접선을 마치고 떨어진다.

그는 왜 나가지 않는 걸까? 이제 도박을 끊고, 술을 끊기로 작정한 걸까? 새사람이 되어 평범한 가장으로 살기로 작정했나.

그렇다 해도 평범한 가장은 아니다. 아무 일도 하지 않으면서 식당에서 일하는 아내에게 빌붙어 사는 꼴이니까. 일진들이 돈 뜯는 거나 다를 게 없다.

아니면, 이제 나갈 돈마저 없는 건지도 모른다. 돈을 모두 탕진해 어쩔 수 없이 집에 있는지도.

어쨌거나 엄마와 내게 좋은 건 없다. 그런데 얻어터질 때보다 엄마 얼굴이 밝다. 평생 벌어먹여 살려도 이편이 낫다고 생각하는 걸까.

학교에서 돌아와 내내 내 방에 있었다. 서먹한 두 남자가 한 집에 있자니 숨통이 막힐 것처럼 답답했다.

드디어 엄마가 왔다. 장바구니를 들고 들어왔다.

"빨리 저녁 준비할게."

온종일 식당에서 음식을 준비하고 설거지를 했을 텐데, 집에 오자마자 또 상을 차려야 하는 엄마가 안돼 보였다. 그도 나도 엄마의 피를 빨아먹고 사는 기생충처럼 느껴졌다.

엄마가 옷을 갈아입으려고 안방에 들어갔다. 그런데 그가 안방에 있었는지 엄마 목소리가 들렸다.

"왜 이래? 뭐 하는 거냐고?"

안방으로 가 보니 장롱에 있던 옷가지와 이불이 내려와 난장판이 되어 있고, 그는 둘둘 말린 검정 비닐봉지를 들고 있었다. 도박에 미친 그가 엄마가 숨겨둔 돈을 찾아낸 거다.

"이렇게 돈을 숨겨두고선 한 푼 없다고 거짓말을 해?"

방귀 뀐 놈이 성낸다고 도둑질하다 들킨 그가 더 성을 냈다.

"이건 안 돼."

엄마는 돈뭉치를 빼앗으려고 달려들었다.

"사람을 감쪽같이 속이고선 이년이 미쳤나."

그가 엄마를 발로 차 넘어뜨렸다. 하지만 엄마는 오뚝이처럼 일어나 검정 봉지를 빼앗으려고 달려들었다.

"돈에 미쳐 버렸구면. 죽으려고 환장했냐?"

"이건 내 목숨이야."

"목숨 같은 소리 하고 있네. 이년이 어디서 남편한테 바락바락 대들어. 저리 안 가."

그는 닥치는 대로 엄마를 때렸다. 엄마가 쓰러지면 밟고 일어나면 다시 패 쓰러뜨렸다.

그를 치고 싶었다. 맞아 죽을지라도 패 쓰러뜨리고 싶었다. 하지만 차마 그러지 못하고 벽을 치며 소리쳤다.

"그만해요, 그만."

"이것이 싸가지 없이 어디서 지랄병이야."

그는 욕을 하며 날 밀쳤다.

방바닥에 나동그라진 엄마가 더는 몸을 일으키지 못했다. 울음소리도 들리지 않았다.

"에이, 진짜 더러워서."

그는 방바닥에서 검정 봉지를 집더니 집을 나갔다.

"엄마, 엄마!"

난 울었지만 엄마는 울지 않았다. 엄마를 부축해 침대에 눕혔다. 엄마는 죽은 사람처럼 누워 있기만 했다.

며칠 뒤, 학교에서 돌아오니 침대가 비어 있었다. 전화해도 받지 않았다. 엄마가 집을 나간 거다.

엄마는 돌아오지 않았다. 엄마를 보지 못하는 게 괴로웠다. 하지만 잘됐는지도 모른다. 이제 맞는 엄마를 보지 않아도 되니까. 그가 엄마를 때릴 때면 가슴이 터져버릴 것 같고 그를 죽이고 싶다. 내 안에 들어앉아 있는 악마가 꿈틀댄다. 지금이 바로 그를 죽일 때라고. 하지만 아비를 때리는 놈은 되지 말자며 이를 악물고 참아낸다. 하지만 언제까지 참을 수 있을지 그건 나도 모른다.

도박에 돈을 다 날린 걸까. 그가 돌아왔다. 며칠 만에 돌아와선 이 방 저 방 있는 대로 방문을 열어젖히고 다니며 뇌까렸다.

"집구석이 이 꼴이니 들어올 맘이 생겨야지."

엄마를 패 내쫓곤 집에 없다고 욕을 해대더니 휑하니 나가버렸다.

따로 사는 할아버지가 오시더니 말했다.

"동원아, 이럴 게 아니라 할애비랑 같이 살자."

"할아버지, 저 그러면 큰일 나요. 아빠한테 혼나요. 아마 맞아 죽을걸요."

오랜만에 '아빠'라는 말을 입에 담았다. 절대로 입에 담지 않기로 했는데. 할아버지 앞에선 '그'라는 말이 나오지 않았다.

"걱정하지 마라. 네 애비랑 다 얘기됐으니까."

나하곤 한마디 상의도 없이 그가 날 포기하기로 했나 보다.

'하기야 애착을 가진 적도 없으니 놀랄 일도 아니지, 뭐.'

얼마 안 가서 그가 집마저 날렸다는 걸 알았다.

'집을 비워 주어야 해서 날 할아버지한테 보냈나? 정말 그랬기를, 다른 이유가 없기를.'

결국 엄마도, 그도 떠났다. 언젠가 독사가 새끼 낳는 장면을 본 적이 있다. 독사는 새끼를 낳자마자 뒤도 돌아보지 않고 매정하게 떠났다. 혼자 살라고 독기만 물려주고 떠났다. 그 장면이 자꾸 떠오른다.

'나도 독사의 새끼고 독기로 이 세상을 살아가야 하나?'

하지만 혼자 남겨진 게 나쁘지만은 않다. 맞는 엄마를 더는 보지 않게 되었기 때문이다. 엄마는 너무 오래 참고, 너무 늦게 떠난 거다.

악마를 보았다

할아버지는 조용하고 인자하시다. 그런 할아버지가 어떻게 그를 낳았는지 믿어지지 않는다.

할아버지는 그를 낳았다는 이유로 평생 고초를 겪고 계시다. 그래선지 말이 없다. 부모가 버리고 떠난 나도 딱히 할 말이 없다. 말은 안 하지만 할아버지와 난 안다. 서로를 불쌍히 여기고 안쓰러워하고 있다는 걸. 하지만 말 없는 두 남자가 한집에 사는 건 쉽지 않다.

'뭐라도 키우면 이 어색한 분위기가 좀 나아지려나?'

하지만 얼떨결에 나를 떠맡은 할아버지에게 강아지나 고양이를 키우자고 말할 수 없다. 손이 많이 가는 동물이 아닌가.

나는 세상 물정 모를 정도로 명랑하지 않다. 그의 아들로 태어난 이점이 있다면 일찍 철이 든 거다.

'그렇다고 개미나 바퀴벌레를 키울 수도 없고, 뭘 키우지?'

교회 앞을 지나는데 사람들이 모여 있다. 다가가 보니 병아리를 나눠 주고 있었다.

'전도하는 사람들은 흔히 물휴지를 나눠 주는데 오늘은 병아리를 나눠 주네.'

어떤 아이는 엄마와 실랑이를 벌였다.

"엄마, 병아리 데려가자."

"안 돼. 이런 병아리들은 빨리 죽는단 말이야."

그러자 병아리를 나눠 주던 아주머니가 정색하고 말했다.

"얘네들은 보통 병아리가 아니에요. 태어나자마자 영화에 출연한, 곧 죽어도 연예인 병아리라니까요."

그러자 사람들이 신기한지 물었다.

"병아리가 영화에 출연해요?"

아주머니는 일부러 좀 뜸을 들이더니 말했다.

"영화에 병아리 3000마리가 등장하는 장면이 있었는데 거기 출연한 병아리들이에요."

"3000마리나 되는 병아리가 영화에 출연했다고요?"

"네. 우리 교인 중 하나가 그 영화 촬영 팀에서 일하는데요,

그 장면을 찍은 다음에 그 많은 병아리를 키울 수도 없고, 어떻게 해야 할 것 아니에요. 그래서 이렇게 나눠 주는 거예요."

병아리 두 마리를 받을까 하다가 그만뒀다. 두 마리는 남녀, 부부가, 그와 엄마가 생각나서 싫었다. 그럼 세 마리? 세 마리도 내키지 않았다. 셋은 그와 엄마, 내가 생각나 싫었다.

"혹시 네 마리도 줄 수 있나요?"

"그럼. 원하는 만큼 줄 테니까 있을 때 가져가."

아주머니는 빨리 손을 털고 싶은지 얼른 집어 주었다.

살아 있는 생명을 집에 들여놓자 가슴이 뛰었다. 당장 할 일도 많아졌다. 병아리가 살 종이 상자를 찾아 숨구멍을 뚫었다. 물을 넣어 주고 달걀을 삶아 노른자를 수저로 으깨 주었다. 그러자 병아리들은 그 조그만 부리로 쪼아 먹었다. 기분이 좋아졌다. 행복했다.

일하고 돌아온 할아버지도 병아리들을 보더니 얼굴이 환해졌다.

"네 마리나 되네. 병아리를 어디서 샀냐? 요즘은 파는 데도 없을 텐데."

굳게 닫혔던 할아버지 입이 열렸다. 산 게 아니고요, 하면서 설명하느라 내 입도 바빠졌다.

"할아버지, 그런데 병아리들은 잘 죽죠?"

"그렇긴 하지. 어쨌든 데려왔으니 잘 키워 보자."

병아리들이 추울까 봐 상자 위에 헌 옷을 덮어 주었다.

"그려. 잘했어. 병아리들은 추위를 잘 타니까."

"할아버지, 헌 옷을 덮어 주었는데도 추운 것 같은데요?"

네 마리가 서로 기대어 한 덩어리가 되어 있는 게 마음에 걸려 말했다.

"그러게. 좀 추워 보이는구면."

할아버지는 공구함을 가져오더니 전선을 늘여 상자 안에 전등을 달아 주었다. 그러자 덩어리져 있던 병아리들이 떨어졌다. 모이를 먹고 물을 먹고 하늘을 보았다. 움직임 하나하나가 얼마나 이쁘고 귀여운지 몰랐다. 보고 또 보아도 질리지 않았다. 모이를 사 나르고 물을 챙겨 주고 하는 게 기쁘고 행복했다. 그들을 보고 있으면 세상이 평화롭기만 했다.

'병아리를 키우는 것도 이렇게 기쁘고 행복한데, 내가 낳지 않은 병아리도 이렇게 숨이 막힐 만큼 예쁜데, 그는 왜 자신이 까놓은 새끼도 싫어 집을 지옥으로 만들고, 그것으로도 양이 차지 않아 박살을 내고 떠난 걸까……'

생각의 고리를 끊어야 한다. 너무 길게, 너무 깊게 들어가면 그에게 닿으니까.

'병아리, 병아리만 생각해야 해. 그래야 내가 불행해지지 않

고 행복하지.'

하지만 금방이라도 깨질 수 있는 아슬아슬한 행복이었다. 병아리들은 쉽게 죽지 않나. 학교 앞에서 산 병아리들은 늘 그랬다. 며칠 넘기지 못하고 죽었다. 죽음으로 충격을 주고 떠났다.

그래서 더 정성을 쏟았다. 이번만은 죽음을 보고 싶지 않아서.

데려온 지 열흘이 넘자 자신감이 생겼다.

"할아버지, 이 병아리들은 죽지 않고 잘 크려나 봐요."

"그러게. 이제 잔질을 떨어낸 것 같으니 쉽게 죽진 않을 거야."

"잔질을 떨어요?"

"병아리들은 몸이 약해 병이 나고 탈이 나기 쉬운데, 그 고비는 넘겼다는 거지."

할아버지 말이 좀 어려웠지만 이해는 갔다. 병아리들은 다리에 힘이 실리고 움직임도 빠릿빠릿했다.

그런데 상자 안 분위기가 바뀌기 시작했다. 다들 활기차고 건강한데 약해 보이는 4번 병아리는 다른 애들과 어울리지 못하고 구석에 혼자 웅크리고 있었다. 헌 옷을 덮어 주고 전등을 켜 놓았는데도 몸을 부들부들 떨었다. 먹지도 마시지도 않았다. 머리를 떨군 채 계속 졸기만 했다.

'병아리는 오래 살지 못한다더니 죽으려고 저러나.'

걱정으로 더 유심히, 더 오래 상자 안을 지켜보았다. 그러다 알게 되었다. 병아리들은 4번 병아리를 수시로 쪼았다. 처음엔 놀이거나 저희끼리 하는 의사소통인 줄 알았다. 하지만 4번 병아리가 삐악삐악 울며 괴로워하는데도 멈추지 않았다. 그들은 먹다가 놀다가 4번 병아리를 쪼았다. 4번 병아리를 괴롭히자고 찜해 놓은 게 분명했다.

"하지 마. 하지 말란 말이야."

떼어 놓곤 했지만 학교에 가 있는 동안은 어쩔 수가 없었다.

4번 병아리는 점점 약해져 일어서 걷지도 못했다. 설사를 하는지 엉덩이가 젖어 있었다. 그러자 세 마리의 괴롭힘은 더 심해졌다. 더럽다고 괴롭히는지, 그동안 노력한 성과가 눈에 보여선지 더 열심히 쪼아댔다.

어느 날 아침, 결국 4번 병아리는 싸늘한 사체로 발견되었다. 상자 안에서 사체를 집어 올리려다 그만두었다. 남은 세 마리에게 반성의 시간을 주려고 그들 곁에 사체를 그대로 두었다. 결국 서너 시간 뒤에 치우긴 했지만.

이제 남은 세 마리는 그림이나 사진에서 보는 병아리들처럼 평화롭게 지낼까?

하지만 곧바로 편이 갈렸다. 두 마리는 셋 중 작고 약한 3번 병아리를 괴롭히기 시작했다. 3번 병아리는 몇 번 대응하는가 싶더니 구석으로 밀려났다. 4번 병아리가 그랬던 것처럼 3번 병아리는 점점 먹고 마시는 일이 뜸해지고, 날마다 졸다가, 다리를 못 쓰게 되고, 설사를 하다 죽었다.

이번엔 3번 병아리의 사체를 바로 치웠다. 남은 병아리들이 갑자기 사라진 3번 병아리의 빈자리를 알아채고, 충격을 받고, 후회하게 만들고 싶어서.

하지만 그런 낌새는 없었다. 두 마리는 잘 먹고, 잘 마시고, 상자 안에서도 뛰고 나는 연습을 하며 하루가 다르게 커 갔다.

'이제 둘만 남았으니 잘 지내기로 했나?'

하지만 그들은 내가 알지 못하는 이유가 있는지 싸워댔다. 실망이 컸다. 병아리들은 평화롭게 살 줄 알았는데, 그 모습을 보며 위로받고 싶었는데 그게 아니었다. 병아리들은, 병아리들마저도 끊임없이 누군가를 괴롭히며 살고 있었다. 그 작고 귀여운 몸에도 악마가 들어앉아 있었다.

...

사람의 평균 수명이 팔구십이라니 닭으로 치면 지금의 난 병아리다. 그런데 병아리를 모아놓은 교실도 평화롭지 않다. 아이들은 약한 애, 못난 애, 가난한 애, 좀 더러운 애, 사회성이 부족해 잘 어울리지 못하는 애를 용케도 골라내 괴롭힌다. 학년이 올라갈수록 정도는 더 심해진다.

괴롭히는 애들 속엔 늘 우두머리가 있었다. 호현이는 악랄함으로 우두머리 자리를 꿰찼다. 못된 짓을 할수록 우두머리가 되니까.

호현이의 첫 번째 놀잇감은 지적 장애, 발달 장애가 있는 한나였다. 한나는 웃을 줄밖에 모른다. 누가 무슨 짓을 하든, 심지어 자신을 괴롭혀도 웃기만 한다. 그 점이 호현이에겐, 그를 따르는 패거리에겐 재미 포인트, 개그 포인트가 되는지 한나를 갖고 놀았다.

호현이는 한나에게 급식으로 나온 돈가스를 억지로 먹였다. 한나는 말도 잘하지 못하지만 음식을 잘 삼키지 못한다. 그걸 알면서도 호현이는 한나 입에 음식을 쑤셔 넣었다.

"먹어. 어서 먹으라니까."

한나는 삼키지도 못하면서 입을 벌렸다. 일부는 들어가고 일부는 흘러내렸다. 호현이 패거리는 그쯤에서 웃음을 터뜨렸다.

호현이는 강도를 더할 때라고 생각했는지 점점 수위를 높였다. 웃옷을 잡아당겨 가슴팍을 벌리더니 걸쭉한 소스를 흘려넣었다. 차가울 텐데도, 옷에 국물이 배어 나오는데도 한나는 웃기만 했다. 한나에게 말하고 싶었다.

'그런 일을 당하면서도 웃고 싶냐? 제발 웃기라도 하지 마. 그

럴 땐 화를 내란 말이야.'

점심시간이 거의 끝나가고 있었다. 여기저기서 의자를 빼고,
식판을 끄는 소리가 났다.

"잠깐, 하나만 더해 보자."

호현이는 돈가스 조각을 한나의 팬티 속에 넣었다.

"이제 교실로 가."

"알았어."

한나가 웃으며 대답했다. 한나는 따라야 할 말, 거부해야 할
말을 구분하지 못한다. 무슨 말이든 잘 듣는다.

한나가 급식실을 먼저 나서고 호현이 패거리들이 한나 뒤를
따라갔다.

"씨이, 돈가스가 들어갔으니 얼마나 차가울까."

"그리고 엄청 끈적거릴 거야."

한나가 멈춰 섰고 일순간 조용해졌다. 다가가 보니 바닥에 노
란 국물과 덩어리가 떨어져 있었다.

"설사하는 거 아냐?"

"저 봐. 덩어리도 있어. 완전 똥인데?"

"돈가스를 먹고 싼 똥이야, 아니면 돈가스가 나온 거야?"

명색이 중학생이란 것들이 저러고 놀다니 한심하기 짝이 없
었다. 치사하고 찌질해 봐줄 수가 없었다.

하지만 기다렸던 한 방이 나왔다고 생각했는지 호현이 패거리의 웃음소리는 더 커졌다. 다 악마처럼 보였다.

"그만해. 그만하라고."

나도 모르게 소리치고 말았다.

"니가 그만하란다고 내가 니 말을 들을 것 같아? 어디서 지랄이야."

그 순간 난 알아챘다. 호현이의 놀잇감이 됐다는 걸. 누구든 걸리기만 해라, 기다리던 매의 눈에 걸려든 것이다.

다음 날 점심시간이다. 호현이는 급식으로 나온 김을 비벼 가루로 만들었다. 그러고는 아이들이 다 보는 데서 내 머리 위에 뿌렸다.

호현이 패거리 중 하나가 말했다.

"흑채 같은데. 머리숱이 엄청 많아 보이잖아."

"흑채, 너무 웃긴다."

키득거리는 소리가 들렸다.

"너도 팬티 속에 넣어 줄까? 쟤처럼."

호현이가 하나를 가리켰다.

"어서 말해. 팬티 속에 김가루 넣어 줄까 아니면 돈가스 넣어 줄까? 원하면 소스를 퍼부어 설사하게 할 수도 있고."

"……."

"급식으로 돈가스 나올 때까지 기다려."

그는 심심할 때마다 나를 호출했다.

"야, 너 이리 와 봐."

"왜?"

"오라면 올 것이지, 너 지금 나한테 이유를 물은 거야?"

자존심이 허락하지 않아 그대로 있었다. 아니다, 자리에서 일어서긴 했다. 나름대로 성의를 표시하면 그만할 수 있다 생각해서.

"이리 와 보라니까."

고함을 질렀다. 일이 커지기 전에 막아보려고 쭈뼛쭈뼛 다가갔다.

"벽 보고 서 있어."

유치원생도 아니고 이런 짓을 시키다니 모욕적이었다. 그래서 가만있었다. 그러자 그가 나를 닥치는 대로 때렸다. 한참을 맞고 나서 보니 내가 벽을 보고 서 있었다.

며칠 뒤, 호현이가 또 호출했다.

"야, 너 이리 와 봐."

"왜에?"

이번엔 순순히 당하지 않을 거라고 맘먹고 자리에서 일어서지 않았다.

호현이는 어깨를 건들거리며 다가오더니 말했다.

"일어나."

그가 팔을 휘둘렀다. 그래도 가만있자 웃옷을 잡아 들어 올렸다.

"지금 너 내 말이 말 같지 않아?"

어른들한테 듣던 말이다. 나를 낳은 악마도 자주 했던 말이다.

호현이는 내 머리를 짧게 끊어 툭툭 쳤다. 도끼눈을 뜨고 그를 노려보았다.

"너 지금 나한테 대드는 거지? 그런 거지?"

그는 샌드백처럼 나를 쳐댔다.

'상대는 안 되겠지만 죽기 살기로 싸워 보는 거야. 내게 남은 건 독기뿐이니까.'

눈을 꼭 감고 팔을 휘둘렀다. 그의 몸에 팔이 닿기도 하고 허공에 헛방아를 찧기도 했다. 하지만 그건 중요하지 않았다. 난 미친 듯이 소리치며 팔을 휘둘러댔다.

눈을 떠 보니 주위가 조용했고 난 바닥에 누워 있었다. 어떻게 쓰러졌는지 기억이 나지 않았다.

연우가 다가오더니 나를 일으키며 말했다.

"동원아, 싸우다 니가 갑자기 정신을 잃었어. 깨어나지 않을까 봐 너무 무서웠어."

호현이가 껴들었다.

"지 혼자 발광하다 발작한 거지, 그게 싸운 거냐?"

호현이는 자리로 돌아가는 내 등에 대고 이죽거렸다.

"너 지랄병 있는 거 오늘 알았다. 뒤집어쓰지 않으려면 앞으론 조심해야겠어."

...

학교에서의 기억이 되살아나자 기분이 나빠졌다. 병아리들에게 분노가 치밀었다.

난 병아리들을 베란다에 내놓았다.

'너희는 방 안에서 따뜻하게 보살핌을 받을 자격이 없어. 차가운 타일 바닥에서 춥게 살며, 왜 형벌이 내려졌는지 반성하도록 해.'

하지만 베란다로 쫓겨난 병아리들은 더 좋아했다. 그러잖아도 상자 안이 좁아 갑갑했는데 잘됐다는 듯 이리저리 날뛰며 활개를 쳤다. 그러다가 무슨 문제가 있는지 머리를 꼿꼿이 쳐들고 털을 부르르 떨며 대치하고, 쪼며 싸워댔다.

"할아버지, 이제 닭 그만 키우고 싶어요."

"왜에?"

"만날 시끄럽게 하고, 베란다에 똥 싸 냄새나서 싫어요. 누구 주면 안 돼요?"

"집에서 키우기엔 너무 크기도 했지. 알아보마."

며칠 뒤 할아버지는 말했다.

"할아버지가 일하는 아파트 근처 단독주택에 사는 할머니한 테 말했더니 마당에서 키울 수 있다며 가져오라더라."

닭 두 마리를 들고 할머니 집으로 갔다. 마당 한쪽에는 벌써 인디언 텐트처럼 병아리 집이 지어져 있었다.

할머니는 병아리들을 보고 좋아했다.

"실하게 컸네. 중병아리가 되었어. 이 정도면 아파트에서 키우 긴 힘들지."

'더 키울 수 있지만 못되게 굴어, 더 봐줄 수가 없어 내쫓는 거예요.'

말하고 싶었지만 꾹 참았다.

"이담에 더 커서 잡게 되면 연락할 테니 할아버지랑 같이 와 서 먹어."

이 순간 잡아먹을 생각을 하다니. 망치로 맞은 듯 머리가 띵 하고 속이 울렁거렸다. 할머니는 눈치를 챘는지 뒤늦게 수습하 려고 말했다.

"그전에라도 보고 싶으면 언제든 오고. 그동안 키우며 정이
들었을 테니."

그게 끝이었다. 난 그렇게 병아리들을 귀양 보냈고, 그 뒤로
한 번도 찾지 않았다.

악마도 성장을 한다

중학교 3학년이 된 첫날. 최고 레벨의 사춘기 엔진을 장착한 애들이 배정받은 교실로 들어서고 있었다. 그 위험성, 폭발성을 알기에 서로 조심하고 염려하는 눈치가 역력했다. 그러다 보니 바짝 긴장된 분위기였다.

연우가 나를 봤는지 반갑게 인사했다.

"동원아, 우리 1학년 때도 같은 반이었는데 또 같은 반이 되었네. 보통 인연이 아닌가 봐."

연우는 사춘기 절정에 이르러서도 여전히 명랑했다. 사춘기가 아직 안 왔는지, 아님 사춘기 없이 지나고 있는지도 모른다.

"그러게."

말을 하면서 둘러보니 한나가 보였다.

이번에도 통합 교육 지정 학교, 본보기 학교임을 내세우며 장애인을 밀어 넣은 거다. 장애인과 비장애인을 함께 교육하면 장애인에 대한 편견이 사라지고 장애인의 사회 적응력이 좋아지고 어쩌고 하면서 반을 편성했을 거다. 하지만 선생님들은 모른다. 같은 공간에 있는 게 전부가 아니란 걸.

"어색하고 서먹한데 그래도 니가 있어 다행이야. 아는 애가 있으니 안심도 되고 좋다."

나도 같은 마음이었다. 바짝 긴장된 분위기에서 연우가 아는 체해 주니 반갑고 긴장이 좀 풀렸다. 하지만 내 입에선 그런 말이 나오지 않는다. 어릴 때부터 나쁜 환경에서 자라서 그런지 모른다. 생각은 많은데 말로 내뱉지 못하고 구부려 속에 담아 둔다. 그러다 보니 마음속이 실타래처럼 엉켜 복잡하다.

이제 거의 다 온 것 아닌가, 하는 순간이었다. 호현이가 교실에 들어섰다. 주인공처럼 맨 마지막에 나타난 거다. 눈앞이 깜깜했다.

'악마 새끼와 한 반이 되다니. 또 악몽이 시작되겠네. 반이 7반이나 있는데, 진짜 재수 없어. 이건 운명의 장난이야.'

운명의 장난이기도 했지만 아니기도 했다. 좀 사는 애들은 이사를 가곤 하니까. 하지만 호현이도 나도 가정 형편이 별로

다 보니 이 동네를 떠나지 못하고, 그러다 보니 또 한 반이 된 거다. 가난이 만든, 가난이 높인 확률 게임 같은 거다.

두근거리는 가슴을 진정시켜야 했다.

'그동안 호현이도 변했고, 지금쯤 후회하고 있는지도 몰라.'

연우가 벌떡 일어서더니 호현이한테 다가갔다.

"호현아, 너도 같은 반이네. 우리 1학년 때도 같은 반이었잖아."

"그랬냐."

호현이는 까맣게 잊은 듯, '연우 너 정도는 있는지 없는지 신경 안 쓰고 살아서 잘 모른다'는 듯 말했다. 그렇게 폼을 잡고 싶은가 보다.

거기까진 그런대로 괜찮았다. 연우는 나를 가리키며 말했다.

"호현아, 저기 동원이도 있어."

연우를 말리고 싶었다. 하지만 연우는 나와 떨어져 호현이 옆에 있었다.

"지 혼자 지랄하다 기절하는 미스터 지랄병?"

"왜 그래 또? 예전처럼 그러지 말고 이제 잘 지내자."

호현이 얼굴이 일순간에 일그러졌다.

"뭐야, 새끼야. 예전처럼? 예전이 어땠는데?"

내 예상대로 연우가 잠자는 악마의 코털을 제대로 건든 거다.

호현이는 연우의 팔을 치며 말했다.

"너 지금 나한테 훈계하는 거야? 그런 거지?"

화가 풀리지 않는지 이번엔 연우 머리를 쿡쿡 찌르며 덧붙였다.

"새끼야, 머리는 장식이냐? 폼으로 달고 다니냐고? 자식이 정신을 못 차려."

그때 한나가 호현이를 봤는지 아는 체했다.

"안녕?"

그러자 호현이가 침을 탁 뱉으며 말했다.

"병신들은 다 모였네."

연우와 나, 한나한테 하는 말이기도 했지만, 반 전체에게 하는 말이기도 했다. 내가 좀 깡이 세니 조심하라는 경고였다.

연우는 첫날 신고식을 호되게 치렀다. 새 학년 첫날을 기분 좋게 시작하려는 마음, 기대는 산산이 무너졌다. 나 또한 위험해졌다. 언제 어떻게 악마의 발톱이 날 향할지 모르니까. 우리 둘뿐이 아니다. 반 아이들도 바짝 긴장했다. 잠깐의 촌극으로도 그가 어떤 인물인지, 이번 학년이 대충 어떻게 흘러갈지 짐작되니까.

호현이는 더 숨길 게 없다고 생각하는지, 담배를 피우고 선생님한테 대들었다. 괜한 트집을 잡고 벽을 치고 소리 지르며 깡다구를 부리는 게 일과였다. 개과천선은커녕 사춘기 엔진을 장착한 새끼 악마는 전보다 훨씬 과감하게 못된 짓을 했다. 악마도 성장을 하고, 성장하며 더 악해진다는 걸 인증하고 증명했다. 다행이라면 2학년 때를 그와 같이 보내지 않은 거다. 덕분에 1년이라도 휴식기를 가진 셈이다.

"어제 형들이랑 술 한잔하는데 학주가 지나가는 거야."

우리한테 알아들으라는 말이었다. 내가 일진이고, 일진 형들이랑 노는 수준이니 알아서 기라는 경고였고 메시지였다.

"그래서 어떡했어?"

"어떡하긴. 학주 무서우면 이 세상 안 살지."

깡패처럼 호기를 부리며 '가오'를 잡자 몇이 자진해 그의 휘하로 기어들어 갔다.

하지만 그의 휘하에 들어가고 싶다고 다 들어갈 수 있는 건 아니다. 그의 근처를 얼쩡거려도 다 받아 주지 않았다. 깜이 못 된다 싶으면 시선을 내리깔고는 말했다.

"뭐야? 새끼야, 꺼져."

이 한 마디면 발길에 차인 똥개처럼 깨갱하고 물러나야 한다. 미련이 남아 기웃대면 예외 없이 얻어터지거나 더 심한 꼴을 당하니까.

호현이는 심심하면 연우를 불러 세우고 툭툭 치며 괴롭혔다.

"야 찌질아, 넌 니가 찌질이인 거 모르지?"

연우는 악마의 먹잇감이 되었다. 나를 도와주려다 희생양이 되었다. 연우는 얻어맞으며 괴롭힘을 당하면서도 팔 한 번 뻗지 않았다. 착해서 남을 때린다는 건 생각도 안 하고 사는 애이고, 도저히 그럴 수 없는 애였다.

악마들은 안다. 자기들의 먹잇감, 놀잇감을 귀신같이 알아챈다. 병아리 세 마리가 4번 병아리를 괴롭히듯이 몸이 약하고 기가 약한 애를 찾아 괴롭힌다.

호현이는 시도 때도 없이 연우를 때렸다. 손으로 머리를 때려 자존감을 무너뜨리고 발로 차 넘어뜨려 모욕을 주었다. 얼굴에 대놓고 침을 뱉기도 했다.

"야 찌질아, 엄마한테 일러바쳐 나한테 전화를 오게 해? 그런다고 내가 무서워할 줄 알아? 나이는 똥구멍으로 처먹었냐? 너 언제 정신 차릴래? 언제까지 엄마 엄마 할 거냐고?"

연우는 두들겨 맞으며 중얼거렸다.

"엄마한테 다 말한 건 아냐."

"다 말하지? 아냐 이럴 게 아니라 이따 학교 끝나고 보자. 내가 엄마 젖을 떼어 줄 테니까."

방과 후에 무슨 일이 있었는지 연우는 그날 이후 호현이의 노예가 되었다. 거스르는 일 없이 그가 시키는 대로 했다. 빵돌이가 되어 빵 셔틀을 하고 가방 셔틀, 숙제 셔틀에 돈 셔틀까지 온갖 셔틀을 다 하는 셔틀맨이 되었다.

연우가 완전히 자신의 심지를 잃고 종이 되자 호현이는 흥미가 떨어졌는지 시들해졌다. 다른 먹잇감을 찾고 있는 게 분명했다.

'이번엔 틀림없이 내 차례야. 그동안 오래 참았잖아. 지금쯤 나를 괴롭히고 싶어 안달이 났을 거라고. 연우를 괴롭힌 것도 나 때문이잖아. 그런데 날 가만두겠어?'

바짝 다가온 위험으로 가슴이 두근거리며 진정이 되지 않았다.

하지만 호현이는 나란 존재는 잊은 듯 내겐 눈길도 주지 않았다. 어쩌다 동선이 겹쳐 일대일로 마주쳐도 그냥 지나쳤다.

'전에 나를 괴롭힌 게 미안해서 그런가. 아니면 괴롭힘을 늦추고 지체해 더 힘들게 하려는 속셈인가. 기다리는 대기 상태가 더 힘든 거니까. 그것도 아니면 내게 진짜 지랄병이 있다고 생각해 피하는 건가. 더 건드려 봤자 제 폼만 구겨지고 망가질 수 있다고 생각해서 놔두는지도.'

"야, 임성빈. 내가 빵 좀 주고 싶은데."

빵 소리에 연우가 벌떡 일어섰다.

"호현아, 배고파? 빵 사 올까?"

"넌 좀 찌그러져 있어. 나설 때 안 나설 때를 알아야지, 병신
새끼야."

완전히 바보가 된 연우는 충성심을 보이다 되레 혼나고 말
았다.

"저번에 담탱이 나한테 개소리하며 열폭할 때 너 좋아서 실
실 쪼개더라?"

"내가 언제?"

"새끼야, 내가 다 봤어. 그래서 고마움을 갚아드리려고 하는
데 괜찮지?"

그 순간 난 알아챘다. 그가 새로운 먹잇감으로 성빈이를 택
했다는 것을.

"야 병맛, 이리 와 봐. 안 오냐? 너 내가 빵 준다고 와 보랬잖
아."

성빈이는 쭈뼛쭈뼛 다가가며 말했다.

"나 오늘 돈 없는데."

"넌 내가 만날 삥이나 뜯는 줄 알아?"

온갖 돈을 다 뜯고선, 지금도 패거리들이 알아서 바치는 조
공과 뺏은 돈으로 살면서 천연덕스럽게 말했다.

"나 오늘 돈 안 가져왔어."

성빈이는 긴장과 공포에 귀가 잘 들리지 않는지, 아님 이해

력이 떨어졌는지 같은 말을 반복했다.

"오늘은 내가 빵 줄 거라니까."

"배불러서 안 먹고 싶은데."

"새끼야, 먹어도 배 안 부른 빵 줄 거라니까. 담배빵."

"그게 뭔데? 담배 사 오라고?"

그러자 답답한지 패거리 중 하나가 팔을 걷어 올리며 말했다.

"이거야 이거. 이것도 호현이가 해 준 거야."

그는 담뱃불로 지져 생긴 흉터를 보여 주었다. 그런데 하나가 아니었다. 둥근 상처가 가물치 피부처럼 무늬를 이루고 있었다. 그는 팔을 돌려가며 영광의 상처인 듯, 훈장인 듯 자랑스럽게 보여 주었다.

성빈이는 공포에 질려 온몸을 부들부들 떨었다.

"무서운 거 아냐, 자식아."

"뭐든 할 테니까 담배빵 안 하면 안 돼? 대신 내가 만날 담배 사다 줄게."

"싫어, 그건 내가 싫다고."

호현이는 비실비실 웃으며 성빈이를 달래듯 말했다.

"새끼야, 깡다구도 생기고 얼마나 좋은데. 하고 나면 나한테 고마워할걸."

며칠 뒤, 체육복으로 갈아입는 성빈이를 보니 팔에 빨갛게 부어오른 흉터가 있었다. 담배빵 시술을 받은 거다.

그런데 깡이 생긴 것 같지 않았다. 또렷또렷하던 애가 정신이 나간 듯 멍한 얼굴을 하고 있었다. 약간 맛이 간 눈빛으로 허공을 바라볼 때가 많았다. 충격으로 미친 건 아니겠지, 염려되었지만 말을 걸지 못했다. 그랬다간 악마의 표적이 되니까.

큰 사건 없이 며칠이 흘러갔다. 편안함보다는 불안이 더 컸다.

'뭔가 또 못된 짓을 하려고 머리를 짜내고 있을 거야.'

하지만 그건 기우였다. 호현이의 관심이 여자로 흘러간 것이다. 수진이 근처를 얼쩡거리더니 사귀기로 했는지 진드기처럼 붙어 다녔다. 이성에게 관심이 쏠리는 사춘기를 환영하며 춤이라도 추고 싶었다. 그래, 실컷 여자에게 빠져라.

그 덕분에 교실이 잠잠해졌다. 우리에게 휴식이, 평화가 찾아온 거다.

호현이는 수진이와 함께 보내느라 정신이 없었다. TV에서 봤는지 꽁냥꽁냥 연애하는 흉내는 다 냈다. 한나한테 하던 짓이 자꾸 생각나 비위가 상했다. 하지만 교실 안 평화가 유지되길 기원하며 마음속으로 빌었다.

'사춘기의 본능이여, 성적 에너지여, 영원해라.'

수진이에게 고마워해야 하나, 하는 생각마저 들었다. 호현이

를 순화시킨 건 사실이니까. 사춘기의 성적 욕구가, 연애질이
이렇게 우리 생활을 이롭게 할 줄은 생각 못했다.

강적이 나타났다

호현이의 연애질로 평화가 유지되고 있을 때 한 아이가 전학을 왔다. 키가 크고 몸도 좋고 얼굴까지 잘생긴 애였다. 소지품도 막 사 쓰는 애가 아닌지 뭔가 폼이 났다.

"쟤 시계 뽀대작살이지 않냐?"

"운동화도 엄청 비싼 것 같은데."

"GD가 신었던 그 모델 아냐?"

태진이는 단번에 눈길을 끌었다.

하지만 우린 긴장을 풀지 않았다. 학기 중에 전학 온 애가 아닌가.

학기 중에 전학 오면 왜 전학을 오게 되었는지 이유를 따지

게 된다. 지방에서 온 경우엔 부모님의 이직으로 인한 이사쯤으로 생각하고 넘어간다. 하지만 멀지 않은 곳에서 전학을 오면 의혹의 눈길을 보낼 수밖에 없다. 못된 짓을 하다가 '학교 폭력 대책 자치 위원회(학폭위)' 징계로 전학 온 것일 수 있으니까.

그런 앤 폭탄이다. 폭탄과 같은 교실에 있게 되면 하루하루가 위험하고 위태롭다.

그런데 태진이는 폭탄 같으면서도 폭탄 같지 않았다. 인상도 서글서글하고 붙임성도 좋아 누구한테나 스스럼없이 말을 걸었다. 선생님들하고도 그런대로 지냈다. 호현이처럼 대들고 반항하고 적대시하지 않았다. 사춘기의 고슴도치 가시를 막무가내로 들이대지 않았다.

어떤 앤지 각이 나오지 않았다. 하지만 보통 애가 아닌 건 분명했다. 딱 봐도 많이 놀아본 것 같고 깡이 있어 보였다. 그런데도 전학생에게 쏟아지는 의혹의 눈길을 잘 참아낸다 싶었다.

바짝 긴장한 건 호현이었다. 연애에 빠져 있던 그가 고슴도치 가시를 세우고 다시 깡패로 복귀했다. 그러자 패거리들도 슬금슬금 그의 주위를 맴돌았다. 보스의 호출을 받고 명령을 기다리는 졸개들처럼.

그러자 태진이는 콧방귀를 뀌고 입꼬리를 비틀어 올리며 냉소를 지었다. '장난하냐? 넌 내 상대가 아냐, 자식아.' 하는 눈빛으로. 벌써 게임 끝났다는 듯 자신감을 보였다.

호현이는 바로 깨갱하지 않았다. 자신이 접수한 교실을, 제왕국을 싸워 보지도 않고 받아 잡수쇼, 하고 덥석 넘길 애가 아니었다.

"너 좀 간지나는데?"

"적어도 촌스럽진 않지. 그런데 그게 너랑 무슨 상관?"

태진이는 무쌍의 날카로운 눈으로 깔보며 빈정거렸다.

"그렇군."

그 순간 우린 강 대 강의 서열 싸움, 권력 투쟁이 시작됐다는 걸 알아챘다.

태진이는 수적으론 당연히 열세지만 서두르지 않았다. 조무래기들을 포섭해 수를 늘리려고 안달하지 않았다. 급하게 깡다구를 보이려고 벽을 치고, 소리치고, 침 뱉고, 문을 처닫거나 아이들을 패 분위기를 무식하고 살벌하게 몰고 가지 않았다.

'분명 조용히 살 애는 아닌데. 호현이 패거리 정도는 혼자서도 대적할 수 있단 말인가. 아님, 그냥 외로운 깡패인가.'

오히려 점점 긴장하고 스트레스를 받는 건 호현이었다.

호현이는 패거리 단속에 들어가 목소리가 커지고 시도 때도 없이 손을 휘둘렀다. 그건 친목의 표시이기도 했고(그들은 그렇게 치고 패면서 논다. 어느 순간 그게 싸움으로 번지기도 하지만), 결속을 다지려는 의도이기도 했다. 연애에 빠져 한동안 쉬던 빵 셔틀, 담배 셔틀, 돈 셔틀 등 셔틀 사업도 다시 개장했다. 모두가 태진이한테 보여 주기 위한 행동이고 일종의 자기소개였다.

하지만 태진이는 그저 웃기만 했다. '센 척하는 일진은 하수야, 자식아. 지금 니 모습이 얼마나 찌질해 보이는지 알아?' 하는 눈빛으로.

태진이는 눈으로 많은 걸 말했다. 눈빛만 봐도 알 수 있는 게 많았다. 연기자라고 할 만큼 그 재주가 탁월했다. 서글서글해 보이던 눈빛이 단번에 독사의 눈깔이 될 만큼 변신 폭도 컸다.

태진이는 공부 잘하는 애들과도 말을 섞었다. 대개 껄렁한 애들은 공부 잘하는 애들과는 담쌓고 산다. 그런데 태진이는 아니었다. 필기한 거 보게 노트를 빌려 달라, 참고서는 뭘 보냐, 넌 만날 그렇게 공부만 하냐는 등 스스럼없이 말을 걸었다. 전교권에서 노는 진영이는 심히 당황한 눈빛이었지만, 침착하게 대응하고 받아 주었다.

'노는 애로 봤는데 공부, 성적을 완전히 포기한 건 아닌가 봐. 그것도 좀 특이해.'

그런데 뭐가 마음에 걸렸을까. 태진이는 진영이 의자에 치약을 짜 발랐다. 예상치 못한 행동이었다. 무슨 신호인지 이해가 되지 않았다. 그는 거기서 멈추지 않고 진영이 가방에 모래를 부었다. 여유롭게 실실 웃으며. 반전의 연속이었다.

진영이는 그를 갓난애로 취급해야 할지 미친 애로 취급해야 할지, 웃어야 할지 화를 내야 할지 모르겠다는 표정이었다. 겨우 할 말을 찾아냈는지 말했다.

"나한테 왜 이러는 거야?"

"이럴 수도 있는 거지 뭘 그래?"

태진이는 느물느물 웃으며 말했다.

"선생님한테 다 말할 거야."

"담탱이 깜짝 놀라겠는데? 애제자, 애장품이 상처받았다고 펄쩍 뛰겠어."

진영이는 엄포만 놓고 말하지 않았는지 선생님은 태진이에게 여전히 친절했다. 새로 온 전학생에게 베푸는 친절과 배려를 거두지 않았다.

...

며칠 뒤 또 소동이 벌어졌다.

"내 책상이 없어졌어. 내 책상이."

진영이는 충격적인 상황에 어찌할 바를 모르고 울먹였다.

2등의 견제인가? 하지만 2등인 선애는 너무 착해서 그럴 애가 아니었다.

서치라이트처럼 서로를 훑던 아이들 시선이 태진이에게 멈췄다.

"보긴 뭘 봐? 봐 봤자 잘생긴 얼굴이 있을 뿐인데."

태진이는 얄미울 정도로 짓궂게 비웃으며 말했다.

선생님이 들어와 조회가 시작될 때까지도 진영이는 책상이 있던 자리에 서 있었다. 일종의 시위였다. 빨리 진상을 파악하고 해결해 달라는.

"진영아, 왜 그래?"

"제 책상이 없어졌어요."

"진영이 책상이?"

선생님은 다른 애 책상은 없어져도 괜찮다는 듯 '진영이'를 힘주어 발음했다.

"누구야?"

초등학생도 아니고 누가 이 순간 순순히 자백할까, 싶었다.

하지만 바로 답이 나왔다.

"선생님, 내가 치웠어요."

태진이는 웃는 얼굴로 태연히 말했다. 순간 정말 쟤가 미친 것 아닐까 하는 생각이 들었다. 책상을 치운 것도 치운 거지만 태연하게 말하는 게 더 이상했다.

진영이는 태진이의 만행을 선생님이 알게 된 게 다행이라는 듯, 너 이번에 진짜 한번 당해 봐, 하는 눈길로 태진이를 쏘아보며 입을 앙다물었다.

"진영이, 진영이 책상을 왜?"

입이 썼다. 선생님 태도가 영 맘에 들지 않았다.

'왜 저렇게 진영이를 강조하는 거야? 다른 애 책상은 없어져도 괜찮다는 뜻인가?'

하긴 다른 누구도 아닌, 전교에서 1, 2등을 하는 진영이 책상이 없어진 건 놀라운 사건이다. 그래서 우리도 관심 폭발인 상태지만 선생님은 그러지 않기를, 교육자적인 태도를 보여 주길 바랐는데, 아니었다.

"진영이가 공부만 하는 게 안타까워서요."

태진이는 잘생긴 얼굴로 웃으며 덧붙였다.

"사람이 공부만 하라고 이 세상에 태어난 건 아니잖아요. 그런데 진영이는 만날 공부만 하니 안타까워서 좀 쉬게 하고 싶었어요."

선생님은 당황해서 할 말을 찾지 못하더니 화를 억누르고 말했다.

"어디에 뒀어?"

"쓰레기장 옆 재활용 창고 있죠? 거기에 잘 모셔 놓았으니 걱정하지 마세요."

진영이가 울면서 뛰어나갔다. 아끼던 반려견의 행방을 알게 되었고, 그래서 한시도 지체할 수 없다는 듯이.

아이들이 창문에 달라붙었다. 진영이는 책상을 들었다 놓았다 하며 교실을 향해 운동장을 질러오고 있었다. 서러움이 복받치는지 책상에 엎드려 울기도 했다. 하지만 이내 일어나 책상을 들어 옮기다 끌다 했다. 한 많은 여자가 주인공인 판소리 공연의 한 장면을 보는 것 같았다.

"태진아, 가서 도와줘. 네가 갖다 놓았으니 네가 가져와야지."

"선생님, 진영이가 하게 내버려 두세요. 중학생이 저 정도는 스스로 해야죠."

태진이는 드러내놓고 개겼다. 그래도 선생님은 화를 내거나 혼내지 않았다. 전학 오기 전에 엄청 못된 짓을 저지르고 온 것 아닌가 하는 의심이 다시 들었다. 그걸 알기에 선생님이 적당히 봐주며 피하는 것일 수 있으니까.

파격적인 행동에 놀란 하루였다. 지금까지 공부 잘하는 애를 그렇게 공개적으로, 그것도 선생님이 보는 앞에서 철저하게 굴복시킨 적은 없으니까.

사실 공부 잘하는 애는 부러움의 대상이기도 하지만 공공의

적이기도 하다. 그들은 늘 우리를 딛고 우리 위에 올라 서 있지 않은가. 우린 그들이 돋보이도록 떠받쳐 주고, 그들이 좋은 성적을 얻도록 깔아 주는 존재다. 그들은 우리가 깔아 준 멍석 위에서 재주를 부리고 선생님의 애정을 독차지한다. 우리가 높여 준 퍼센트 덕분에 좋은 학교로 진학도 하고, 그걸 바탕으로 나중엔 사회에 나가 성공도 할 것이다.

우린 들러리라는 걸 알면서도 그들처럼 만날 학교에 가고 학원에 간다. 언제까지 따라다녀야 할지 답답하고 막막하다.

가끔은 이런 생각도 든다.

'이렇게 사는 내가 사람인가? 살아 있는 생물이긴 한가? 그냥 사람 모습으로 서 있는 무대 장치나 허수아비 아닌가.'

그러다 보니 공부 잘하는 애들에 대한 잠재된 분노가 있다. 물론 성적, 공부에 짓눌려 대놓고 말하진 못한다. 그냥 그러려니 참고 견디고 있을 뿐이다.

그런데 태진이가 우리 안에 있는 울분을 토해낸 것 아닌가. 늘 공부 잘하는 애들이나 받쳐 주고 사는 들러리 인생의 비참함과 분노를 끄집어내 보여 주고, 순간이나마 절어 있는 열등감을 날려 주지 않았나. 한 번도 경험하지 못한 일이었다. 그리고 전혀 예상치 못한 결과였다.

호현이도 공부 잘하는 애는 건들지 않았다. 온갖 못된 짓을 하면서도 공부 잘하는 애는 터치하지 않았다. 그들에게 특별한 권리가 있기라도 한 것처럼. 그런데 태진이가 이를 깨뜨린 것이다.

거기다 선생님의 권위도 별것 아닌 게 증명이 되었다. 태진이는 일진처럼 무식하게 대들거나 반항하지 않으면서 태연히, 간단하게 하고 싶은 말을 하지 않았나.

동감, 지지의 표시로 아이들은 태진이를 다시 보았다. 처음엔 허튼짓이라고만 생각했는데 이 일로 태진이는 인기를 얻었다. 몇은 제 발로 걸어 들어가 그의 졸개가 되었다.

여자애들도 학기 중 전학 온 애한테 품어 온 의심을 거두었다. 내숭을 떨며 순진한 척 다가가는 애가 있는가 하면 걸크러쉬 느낌으로 다가가기도 했다. 깡 있는 애는 깡 있는 여자애를 좋아할 거라는 계산으로.

그림자 경영

호현이는 자기도 한 방 날려 기울고 있는 전세를 뒤집을 때가 되었다고 생각하는지 한나한테 다가갔다. 담배를 비비더니 담뱃가루를 한나의 머리카락에 뿌렸다. 아이들이 또 '뭥미?' 하는 눈길로 바라보았다. 그러자 반응이 신통치 않다고 느꼈는지 한나의 고무줄 바지를 잡아당기더니 담뱃가루를 넣었다.

처음 하는 짓도 아니었다. 다른 게 있다면 태진이가 있는 데서, 태진이가 전교권 여자애인 진영이를 좌절시킨 직후에 한다는 게 달랐다.

사실 누가 봐도 '뻘짓'이었다. 하지만 호현이는 생각했을 것이다. 태진이도 '뻘짓'으로 인기를 얻지 않았나.

"더러운 새끼야, 뭐 하는 거야?"

태진이가 고함을 질렀다.

호현이는 제 생각과 다르게 상황이 펼쳐지자 이해가 되지 않는다는 표정이었다.

'태진이는 여자애를 괴롭혀 인기를 얻었는데 나는 왜 안 되지? 여자애를 괴롭히면 적어도 남자애들한테는 인기를 얻는 줄 알았는데? 거기다 한나처럼 모자라는 애는 언제나 맘 편하게 갖고 놀 수 있는 장난감, 놀잇감이고.'

태진이는 참을 수 없다는 듯 호현이를 째려보며 말했다.

"야 찌질아, 다른 애도 아니고 한나한테 그러고 싶냐?"

이 한 마디로 호현이는 파렴치한이 되고, 태진이는 약한 여자를 구해 주는 정의의 사도가 되었다.

우리가 놀란 건 또 있었다. 태진이가 훈계하듯 나무라는데도 호현이가 한마디도 못하는 거였다. 그건 한 수 아래라는 증명이었다.

호현이 세력은 또 흔들렸다. 그러잖아도 슬금슬금 빠져나가 균열이 생기고 있는 차였는데, 이제 대놓고 태진이 편으로 합류하는 애들이 많았다.

하지만 호현이 휘하에서 못된 짓을 수습 중인 a와 b는 깡패들의 의리를 지켰다. 그리고 호현이의 과거를 잊지 못하는 서넛도 주위를 맴돌았다. 그리고 호현이한테 된통 당한 뒤 바보가 되어 버린 연우는 그를 떠난다는 건 생각도 못하고 그대로 머물러 있었다.

난 연우와 전에도 친구였고 바보가 된 뒤에도 같이 다녔다. 이런 날 아이들은 호현이 편이라고 생각하는 건 아닐까. 난 호현이 편도 태진이 편이 아닌, 스위스 같은 중립국인데. 하지만 이건 나만의 생각일 수 있다. 애들 사이에서 나의 존재감은 미미하니까.

호현이 곁에 남은 애가 또 있었다. 수진이는 여전히 호현이 여자 친구였다.

'정말 호현이를 좋아하나? 아니면 무서워서, 복수가 두려워서 붙어 있는 건가. 장애아인 한나한테 그런 짓을 해도 아무렇지 않나. 같은 여자한테 못되게 구는 걸 보면 연애 감정이 싹 달아날 텐데. 성적 욕망이 용솟음치는 사춘기라 해도 연애 세포가 다 죽을 텐데. 자기한테만 잘해 주면 그만인가 보지?'

수로 보나 기세로 보나 호현이의 참패였다. 깡다구는 있지만 머리가 딸리다 보니 태진이 상대가 되지 못했다.

'한쪽으로 힘이 기울었으니 이제 교실에 평화가 오겠네.'

하지만 아니었다. 태진이는 아직 완전 장악이, 일인 집권이 아니라고 생각하는지 몇 남은 호현이 패거리들을 괴롭혔다.

하지만 자기가 직접 나서진 않았다. 자기 아래로 기어들어 온 애들을 시켜 찌그렁이를 붙게 하고 싸우게 했다. 아니다. 정확히 말하면, 처음부터 호현이 패와 싸우라고 시킨 건 아니다. 그러기 전에 자기 패거리 안에서 싸움을 시켰다.

"진수야, 용현이가 너 재수 없어 못 참겠다던데?"

그리고 용현이한테는 패드립(패륜적 농담)으로 싸움 세포를 자극했다.

"진수가 그러는데 너희 엄마 바람나서 집 나갔다며?"

그 말이 맞고 안 맞고는 중요하지 않다. 이렇게 감정이 상하도록 찌르면 성난 동물이 되어 으르렁거리며 치고 패고 싸웠다. 정말 싸워야 할, 싸우지 않고는 못 배길 이유가 있다는 듯이 싸움으로 말려들어 갔다.

"예상보다 깡이 센데."

태진이는 싸움을 시켜 놓고 게임을 하듯 즐겼다.

싸움질은 한 번으로 끝나지 않았다. 리그전을 펼치듯 계속 싸움을 시켰고, 그 결과로 서열이 정해지고 위계질서가 잡혔다.

자기 조직에 대한 사전 점검이 끝났는지 태진이는 호현이 패거리한테 찌그렁이를 붙었다. 싸움을 하기 위한 전초전이었다. 아무리 혈기 왕성한 사춘기 애들도 다짜고짜 싸우진 않으니까.

태진이는 좋은 머리로 감정을 건드려 호현이 패거리 이인자인 a와 제 패거리 이인자인 a'를 싸우게 했다. 이미 패거리 내에서 리그전을 치르며 깡과 실력을 확인한 덕택인지 a'는 쉽게 이겼다. 삼인자끼리의 싸움도 마찬가지였다.

싸움이 벌어질 때는 늘 한쪽에 촬영 기사가 있었다. 휴대 전화로 동영상을 찍어 자기들끼리 공유하며 키득거렸다.

"다음은 누구랑 누가 싸우지?"

묻는 애가 있었지만 답을 알고 묻는 물음이었다. 누가 봐도 태진이, 호현이가 붙을 차례였으니까.

호현이는 챔피언에 나선, 링 위에 오른 권투 선수처럼 기를 모으고 손발을 풀었다. 결전을 앞두고 불안감, 공포가 큰지 머리를 흔들어 정신을 깨우기도 했다. 하지만 태진이는 여유롭기만 했다.

'진짜 싸움을 잘하나 본데.'

추측할 뿐이었다. 태진이가 누구와 맞붙어 싸우는 걸 본 적이 없으니까. 어느새 패거리의 우두머리가 되어 있지만, 그 실력도 깡도 알 수가 없었다.

보기 드문 경기를 보게 된 아이들은 흥분했다. 경기도 흥미롭지만 이 싸움으로 이제 완전히 결판이 날 것이고, 난리가 평정되어, 교실이 조용해지길 바라는 마음도 컸다. 공부하기도 힘들어 죽겠는데, 노는 애들이 벌이는 권력 투쟁으로 하루하루가

엉망이 되는 게 싫었기 때문이다.

더 기다리기 힘든지 호현이가 나섰다.

"시발, 붙으려면 빨리 붙어. 존나, 시발."

공포, 불안을 빨리 끝내려는 마음이기도 하고, 욕을 해대며 분노 게이지를 올리고, 싸움 에너지를 충전하려는 전략이었다. 욕을 해야 분노 DNA가 탑재되고, 방아쇠가 당겨지며, 싸움 에너지가 폭발하니까.

곧바로 달려들어 치고 패는 난타전이 벌어질 줄 알았는데, 아니었다. 폭발을 앞둔, 일촉즉발의 순간에도 태진이는 느물느물 웃으며 말했다.

"너희 엄마 노래방 나간다는 거 사실이야? 누가 봤는데 완전 쩔더라는데?"

패드립으로 호현이를 자극했다.

"뭐라고? 시발."

호현이는 등에 작살이 꽂힌, 상처받아 물불 가리지 않는 투우장의 황소가 되어 날뛰었다.

태진이는 제 패거리 삼인자인 b'에게 말했다.

"니가 해 봐."

"이 찌질이 병맛이 어디서 나서. 맛탱이 갔나."

호현이가 욕을 내뱉자 b'도 자존심이 상하는지 다짜고짜 달려들어 손발을 휘둘러댔다. 하지만 b'는 쉽게 나가떨어졌다.

그러자 태진이는 이인자 a'에게 말했다.

"저 새끼 싸우고 싶어 죽겠다는데, 니가 상대해 줘라."

하지만 a'도 나가떨어졌다. 아무리 운동을 오래 했어도 정작 싸울 땐 운동에서 배운 기술을 써먹지 못하는데 호현이는 어릴 때부터 태권도, 검도, 권투를 해 온 실력을 유감없이 발휘했다. 싸움깨나 한다는 애들도 상대가 되지 못했다.

호현이는 자신감이 완전히 장착되었는지 말했다.

"야, 시발, 빨리 붙어. 괜히 졸개들 내세우지 말고."

우리도 태진이가 더는 피할 순 없다고 생각했다.

하지만 태진이는 우리 기대를 무너뜨렸다. 벌써 명령이 떨어졌는지(눈 연기가 탁월한 그는 눈빛으로 신호를 보냈을 것이다) 패거리 a', b'가 뛰어나가더니 호현이와 난타전을 벌였다. 코피가 터졌지만 호현이는 둘을 상대하면서도 밀리지 않았다.

이쯤 되자 호현이를 응원하게 되었다. 온갖 못된 짓을 한 악마를 응원하게 될 줄은 생각도 못했다. 사람 마음은 정말 알 수가 없다. 1 대 2로 싸우는 건 정당하지 못하고, 그러도록 부추기고 조정한 태진이가 더 나쁜 악당이라고 마음속 저울이 기울었다.

콩 튀듯 난타전이 빗발치고 있을 때였다. 공원으로 산책 나온 어른이 봤는지 고함을 질렀다.

"이 녀석들이 뭐 하는 짓이야?"

아저씨는 노려보며 덧붙였다.

"싸움 중에서도 패싸움이 제일 나쁜 것 몰라? 머리에 피도 안 마른 것들이 패싸움을 다 하고, 이게 무슨 짓이야."

아저씨는 생각이 바뀌었는지 휴대 전화로 사진을 찍어댔다.

"내가 학교에도, 경찰서에도 다 신고할 테니 그리 알아. 어서 집에 가."

단순한 엄포가 아니었는지 학교가 발칵 뒤집혔다.

기간제 교사인 담임 선생님은 어쩔 줄 몰라 했다. 조용히 1년이 지나도 계약을 할까 말까인데, 이런 일이 터져 정말 난감하다는 얼굴이었다.

선생님은 싸운 애들을 같이 부르기도 하고 따로 부르기도 했다. 상담을 거듭하며 아이들이 사과하고 반성하는 것으로 마무리하려 했다. 어떻게든 조용히 넘어가는 게 상책이니까.

하지만 누구 엄마인지는 모르지만 한 엄마가 진상 파악을 주장하고 나서 학폭위가 열렸다.

결과로 호현이는 '출석 정지 5일'을 받았다. 다음에 또 이런 일을 하면 무조건 강제 전학이라는 단서와 함께. 이빨이 빠진 a', 얼굴이 터진 b'는 주의 경고만 받았다.

이해가 되지 않았다.

"셋 다 서로 치고 패고 싸웠으니 쌍방 가해자이고 피해자 아냐?"

"그리고 호현이는 일대일이 아니고, 1 대 2로 불공평하게 싸웠잖아. 둘이 달려든 게 더 잘못인 것 같은데."

이해할 수 없는 게 또 있었다.

"태진이는?"

아이들은 궁금해했지만, 태진이한테는 아무 일도 일어나지 않았다. 그가 주동해서 벌인 싸움판인데, 징계는커녕 한마디 언급조차 없었다.

'무슨 이유가 있는 거지? 혹시 걔네 아빠가 거물인가? 그래서 아빠 찬스를 쓴 건가?'

조사하는 과정에서 애들이 후환이 두려워 태진이 역할을 언급하지 않았거나, 말했어도 선생님 선에서 덮고 넘어갔는지도 모른다.

어쨌든 영악하고 교활한 태진이는 자기 손엔 피 한 방울 묻히지 않고 호현이를 패배자로 만들고, 권력 투쟁에서 완전한 승리자가 되었다. 뒤에서 하수인들을 조종, 지휘하는 그림자 경영 덕분이었다.

악마들의 친목질 그리고 충성 경쟁

　　교실은 태진이 천하, 태진이 세상이 되었다. 눈엣가시 호현이를 처치해 버렸으니 거리낄 게 없었다.

　　태진이 휘하에 있는 애들은 알아서 기고, 그의 맘에 들려고 갖은 노력을 다했다. 빵 셔틀, 담배 셔틀은 기본이고 모바일 메신저 이모티콘이나 현금 대신 쓸 수 있는 기프티콘을 수시로 선물했다.

　　하지만 그가 워낙 변화무쌍하고 쉽게 지루해하는 성격이라 만족시키는 게 쉽지 않았다. 패거리들은 딸리는 머리로 계속 새로운 방법을 찾아내야 했다.

　　패거리들은 모바일 메신저 단톡방을 팠다. 그런데 웬걸, 단톡방에 연우와 함께 날 초대했다. 이를 어떻게 해석해야 할지 헷 갈렸다. 시혜로 생각하고 고마워해야 할지, 아니면 우리 정도는 자기들 마음대로 넣었다 빼도 상관없는 애들로 무시하는 처사 인지.

패거리들은 단톡방에서 서로를 치켜세우며 친목질을 했다. 누가 벗은 몸을 올리면 '몸짱', '대박', '쩐다 쩔어', '쥑인다 쥑여' 등 침 바른 말들이 넘쳐났다. 태진이 경우엔 아부질이 더 보태 졌다. '오, 태진이 클라쓰!', '역시 달라', '이거 실화냐?'라며 비위 를 맞추며 알랑거렸다. 정말 가관이었다.

'친목질 금지, 아부질 금지'라고 쓰고 싶어 손가락이 근질거 렸다. 하지만 언감생심, 안 될 말이다. 항상 꼬투리를 찾고 있고, 그걸 빌미로 못된 짓을 하며 노는 애들이니까. 역겹지만 가끔 '멋진데' 정도는 반응해 줘야 눈에 나지 않고 그들 심사를 건드 리지 않는다.

패거리들은 그 놀이도 지루한지 변화를 시도했다. 자기들끼 리 노는 단톡방에 호현이 패거리 이인자였던 a를 초대했다. 정 말 뜬금없었다.

그러자 태진이가 말했다.

"어떻게 그 생각을 했어? 머리 좀 돌아가는데."

칭찬에 힘을 얻은 패거리들은 땅에 떨어진 사과를 발견한 개미들처럼 달려들어 a를 물어뜯었다. 자기들 마음대로 초대해 놓고 마구잡이로 욕을 해댔다.

떼로 비난하는 걸 참지 못하고 a가 단톡방을 나가자 다시 초대했다. 나가면 초대하고 나가면 다시 초대해 메신저 감옥에 가두었다. 시도 때도 없이 24시간 무차별적으로 욕설을 퍼부으며 단체로 괴롭혔다. 무참히 패배한, 이제 거의 와해된 상대 조직한테 그러고 싶을까, 이해가 되지 않았다.

'저러다 b도 초대하고, 호현이도 초대해 헐뜯겠지.'

하지만 예상은 빗나갔다. 장애가 있는 한나를 괴롭히는 데로 옮겨갔다. 패거리 중 하나가 새로운 아이디어, 새로운 아이템을 개발해냈다. 태진이가 지루해하면 안 되니까.

전에도, 더 어렸을 때도 악동들은 장애인을 괴롭혔다. 그런데 양상이 좀 달라졌다. 성적으로 갖고 놀고 성적으로 괴롭혔다. 사춘기의 성적 관심과 호기심, 성적 에너지를 한나한테 풀었다.

이해가 안 되는 건 '한나한테 그러고 싶냐'며 호현이를 나무라던, 정의의 사도였던 태진이가 이번엔 패거리들과 시시덕거리며 즐기는 거였다.

'그땐 그냥 저한테 관심을 집중시키고 인기를 끌려는 행동이었나?'

선뜻 이해되지 않았다. 하지만 워낙 변화무쌍한 애라 그 머릿속을 짐작할 수가 없다.

한나는 다른 애들보다 가슴이 크다. 머리는 발달 장애가 있는데 가슴은 성장이 빠른지 월등히 컸다. 패거리들은 한나의 가슴을 만지고 오는 게임을 하면서 웃고 떠들었다.

"대박 커서 한 손에 쥐어지지 않아."

"존나 물컹거리던데."

태진이는 정말 하고 싶지만 꾹 참는 얼굴로 실실 웃으며 말했다.

"진짜?"

패거리들은 태진이가 좋아하는 포인트를 찾았다고 생각하는지 수위를 높여 갔다.

"한나야, 치마 올리고 팬티 좀 보여 주면 안 돼?"

한나는 진짜 이유가 궁금한지 물었다.

"왜에?"

"궁금하니까 그렇지."

한나는 판단이 안 서는지 그저 웃고만 있었다.

"내가 있다가 초콜릿 줄 테니까 한 번만 보여 줘."

그때 뒤에서 고함이 터졌다.

"너희는 악마야. 못된 악마 새끼."

뒤를 돌아보니 진영이었다.

그러자 태진이가 느물거리며 말했다.

"진영아, 왜 그렇게 흥분하셔? 이게 흥분할 일이야? 넌 공부나 해."

진영이는 식식거리며 말했다.

"너희가 장애인을 성희롱하고 성폭행한 어른들과 뭐가 달라?"

얼마 전 세상을 떠들썩하게 했던 기사가 떠올랐다. 지적 장애가 있는 여중생을 동네 어른들이 장애인의 약점을 이용해 수년간 성폭행했다는. 그런데 더 놀라운 것은 성폭행을 한 사람 중에 소녀의 할아버지와 친오빠도 껴 있다는 거였다.

그날 저녁 난 밥을 먹지 못했다. 밥알을 넘길 수 없었다. 악마에게서 태어났고, 가정이 박살날 때까지 악마와 살았지만, 인간들이 내뿜는 악마성에 적응이 되지 않았다. 그러니 여자들의 충격은 더 컸을 거다.

초등학교 때도 악마는 있었다. 그런데 악마도 성장을 하는지 사춘기가 되어 성적인 에너지가 합쳐지면, 더 파렴치해지고 더 더러워지는 것 같다.

여자애들 눈빛이 흔들렸다. 태진이한테 마음이 기울고 있는데, 여자인 난 이럴 때 어떻게 해야 하는지 판단이 서지 않는다는 얼굴이었다.

'하지만 태진이가 직접 한나 가슴을 만진 건 아니잖아.'

애써 이렇게 생각하는지도 몰랐다.

그때, 태진이가 벌떡 일어서더니 소리쳤다.

"야!"

그 한마디에 아이들이 바짝 긴장했다. 성폭행이고 뭐고 하는 것보다 태진이 기분이 중요하니까. 못된 가장이 고함칠 때 가족들이 바짝 긴장하고 처분을 기다리는 것처럼. 맞다, 나를 낳은 악마도 고함치고 호령하며 엄마와 날 쥐 잡듯 잡았다.

"야, 김진영, 너 지금 우릴 성폭행범 취급하는 거야?"

"어쨌든 한나한테 그러지 말라는 거야."

"니가 뭔데 해라 말라야. 입 닥쳐. 넌 성적이나 잘 받으면 그만이잖아."

태진이가 화내는 건 처음이었다. 느물느물 정책을 포기할 만큼 분노 게이지가 올라온 건지. 아니면 그냥 보여 주기인지도 모른다. 유화 정책으로 부드럽게 너희를 다스리고 있지만 난 절대 쉬운 사람이 아냐. 그러니 선을 넘지 말라는 경고인지도 모른다.

이를 눈치챈 걸까. 패거리 하나가 말했다.

"태진아, 그만해. 방법을 찾아보자."

도대체 이게 무슨 말인가. 귀를 의심했다.

다음 날이다. 쉬는 시간에 화장실에 갔다 온 진영이가 책을 던지며 소리쳤다.

"악!"

여자애들이 놀라 다가가 물었다.

"왜에? 무슨 일이야?"

"악!"

아이들은 진영이 주변에 별다른 이상이 없자 말했다.

"도대체 왜 그러냐고?"

진영이는 제 입으로 말할 수 없는지 머리카락을 쥐어뜯으며 비명만 질러댔다.

하지만 난 보았다. 진영이가 펴 놓은 책 위에 올려진 '꼬부랑 털'을. 누가 봐도 음모인, 까맣고 곱슬곱슬 꼬부라진 굵은 털이었다. 누군가가 음모로 추정되는 털 한 가닥을 진영이 책 위에 올려놓은 거다.

수업 시간이 되고 선생님이 들어와 책을 주워 주며 말했다.

"진영아, 왜 그래? 바퀴벌레라도 봤어?"

진영이는 신음 소리를 내며 울먹거렸다.

"진영아, 요즘 공부 때문에 너무 스트레스받는 거 아니니?"

"그게 아니고……"

"공부 아니면 진영이한테 뭐가 문제지?"

"짧고 꼬불꼬불한 털이 있었단 말이에요."

늘 고분고분하던 애가 선생님한테 화를 냈다.

그러자 기다리고 있었던 듯 패거리들이 여기저기서 나섰다.

"니 머리카락 아냐?"

"공부를 너무 열심히 해서 머리가 이상해졌나 봐."

선생님은 진영이를 어떻게든 진정시키려고 말했다.

"네 머리카락이 떨어진 것일 수도 있잖아."

"제 머리는 길잖아요."

"머리 긴 사람도 짧은 머리카락 많아. 머리카락은 늘 빠지고 나고 하니까. 진영이 네가 공부 때문에 너무 예민해진 것 같아."

선생님 말씀이 길어지자 진영이가 벌떡 일어서더니 말했다.

"오늘만 벌써 세 번째예요. 제가 나갔다 오면 그 이상한 털이 제 책상에 있단 말이에요. 그래도 선생님은 모르겠어요?"

진영이는 답답하고 억울한지 엉엉 울었다. 한 번도 그런 적 없는 애가 수업 시간에 책상에 엎드렸다. 한참을 그러고 있더니 벌떡 일어나 식식거리며 책가방을 싸 가버렸다.

다음 날에도 진영이는 학교에 오지 않았다.

패거리 중 하나가 말했다.

"혹시 자기 털 아냐."

"맞아. 자기 털이 옷에 묻었고, 그 털이 책상에 떨어질 수도 있잖아."

알면서도, 혹시 나중에 일이 커지면 알리바이로 쓰려고 깔아 놓는 말이었다.

하지만 태진이나 패거리가 한 짓이 분명했다. 태진이가 했다면 '나한테 대들면 좋지 않다'는 경고일 것이고, 패거리가 했다면 '전날 일로 심기가 불편한 태진이를 위해 한 충성 행위'였다.

"진영이가 멍청한 애냐? 세 번이나 그랬다잖아."

입바른 소리 잘하는, 교실 안에서 벌어지는 권력 투쟁, 서열 따윈 관심 없는, 책에 빠져 사는 '책 바보'가 톡 쏘아붙였다.

사흘 만에 진영이가 학교에 왔다. 공교롭게도 같은 날 출석 정지가 풀려 호현이도 학교에 왔다. 아이들 관심은 호현이보다 진영이 쪽으로 기울었다. 성적에 목맨 진영이가 사흘이나 학교를 빠진 게 우리에겐 더 놀라운 일이었기 때문이다.

진영이는 수업 시간은 물론 쉬는 시간에도 책상에 엎드려 있었다. 그런데 팔이 흰 천으로 감겨 있었다.

'자해로 손목을 긋고, 상처를 치료하느라 학교에 못 왔나?'

우린 같은 생각을 하고 있었지만, 조심스러워 입 밖에 낼 수 없었다.

선생님 농담까지 받아 적던 애가 필기를 하지 않았다. 넋이 나간 듯 멍한 얼굴이었다.

패거리들은 이만 됐다 싶은지 저희 생활로 돌아갔다. 단톡방에 야한 사진을 올리고 야동 주소를 올렸다.

"너희 덕분에 화려한 밤을 보냈어. 존나 고마워."

태진이의 칭찬에 고무된 애들은 경쟁하듯 더 야한 것들을 찾아 올렸다. 조공을 바치듯 야한 사진, 야한 동영상을 올렸다. 빵 셔틀, 담배 셔틀이 '야동 셔틀'로 업그레이드된 거다. 그러고는 아침마다 태진이 평을 기다렸다.

도는 점점 높아졌다. 여동생 사진을 올리는가 하면 속옷 입은 엄마 사진을 올리기도 했다. 패륜에 패악질을 할수록 반응이 좋았다.

'센데?', '좋아' 하며 키득거렸다. 태진이에게 야한 사진, 야동을 조공으로 바치며 충성 경쟁을 했다. 우정을 쌓고 결속을 다졌다. 그럴수록 남자다워지고 성숙해졌다고 착각하는지 거들먹대며 어깨를 우쭐거렸다.

패거리들은 새로운 분야에 진출했다. 유명 상표 매장에서 신발을 훔쳤는데 걸리지 않았다고 자랑했다.

"센데?"

그 말에 고무되었는지 태진이가 좋아하는 상표의 운동화를 훔쳐 바쳤다.

"다음엔 옷에 도전해 보려고."

"우리 같이 갈까?"

태진이와 패거리들은 몇씩 짝을 지어 원정을 가곤 했다.

그런데 갈 때마다 성공하는 건 아닌지 불평했다.

"어젠 재수 없었어."

"우리가 붙어 있었던 게 문제야. 여기저기 흩어져 종업원을 정신없게 만들어야 해. 다른 사이즈로 바꿔 달라, 저거 입어 보고 싶은데 탈의실은 어디냐, 하면서."

작전 회의가 먹혔는지, 하나둘 유명 상표로 옷이 바뀌었다.

그들은 더는 '귀여운' 새끼 악마가 아니었다. 사춘기에 접어든 악마들에게 성희롱, 비행, 범죄는 일상이고, 하루를 견디게 하는 양식이었다. 그런 거 없이 지내는 건 너무 심심하고 지루하니까.

악마들의 여자 친구

출석 정지를 마치고 돌아온 호현이는 어울려 다니는 패거리 없이 혼자였다. 아이들은 측은한 눈으로 바라보았다. 그런데 정작 호현이는 자신의 처지를 별로 개의치 않는 것 같았다.

'하나둘 끌어들여 다시 조직을 재건하려고 하겠지?'

이삭줍기하려고 맘먹으면 불가능한 것도 아니었다. 태진이가 관심조차 두지 않는 애, 얼쩡거려도 패거리로 받아 주지 않는 애도 있고, 본인은 태진이 패거리라고 생각하지만 태진이는 인정하지 않는 애, 태진이가 버린 애가 있는데도 제 편으로 끌어들이려 하지 않았다. 영입이나 조직 재건에는 뜻이 없는 것 같았다. 사과에 달라붙은 개미들처럼 태진이 패거리들이 바로 옆에서 덩어리져 웃고 떠드는 데도 별 반응이 없었다. 예전처럼 마음에 안 든다고 괜히 책상을 치거나 찌그렁이를 붙지도 않았다. 관심이 교실을 떠난 듯 '너희는 그렇게 살아. 언제까지나 그렇게 살라고.' 하는 눈으로 바라볼 뿐이었다.

얼마나 지났을까. 소문이 들리기 시작했다.

"호현이 고등학생 형들이랑 어울려 다니던데?"

"나도 저번에 노는 형들이랑 있는 것 봤어."

그 말을 듣고서야 호현이의 태도 변화를 이해할 수 있었다.

'이제 학교 밖에서 놀기로 했나 보네. 우물 안 개구리를 벗어나 큰물에서 놀기로 작정한 거야.'

어쨌거나 반에서는 별문제 없이 지내니까 잘됐다 싶었다. 문제를 일으키지 않는 한 그는 우리의 관심 대상이 아니었다.

조직이 무너져 패거리 하나 남지 않았지만 수진이는 여전히 호현이 여자 친구였다. 참 오래간다 싶었다. 둘 다 의리가 있어 보이기도 했다. 어쨌거나 호현이는 학교 안에선 수진이만 상대했다. 수진이만 있으면 된다는 듯이.

...

태진이가 전학 온 뒤로 여자애들이 변했다. 운동장에서 노는 못생긴 애도 뭐가 그리 좋은지 창문에 붙어서 꺄약꺄약 소리 지르며 발을 구르던 애들이 달라졌다. 여자애들은 몰려다니며 태진이를 흘깃거리고, 태진이 얘기를 했다.

태진이는 보기 드물게 잘생겼다. 주변에 있는 애들을 단번에 오징어로 만들 만큼 외모가 출중했다. 거기다 패션 감각까지 뛰어나 우릴 완전 촌놈으로 만들었다.

하지만 여자애들도 학기 중에 전학 온 애에게 의혹의 눈길을 거두지 않았다. 왜 전학을 오게 되었는지, 어떤 앤지 모르니 본능적으로 위험 감지 센서가 작동한 거다.

하지만 점차 알게 되었다. 태진이는 호현이처럼 개망나니 일진은 아니고, 성적도 완전 밑바닥은 아니고, 집이 부자라는 걸.

여자애들은 의심을 거두고 관심을 드러내기 시작했다. 넘치는 카리스마로 자기만의 진지를 건설해 나가는 걸 보면서 점점 마음을 빼앗겼다.

시간이 갈수록 좋아하는 정도를 벗어나 추앙하는 수준에 이른 애도 있었다. 그럴수록 판단력이 마비되는 듯 그가 패거리들을 하수인으로 부리며 별별 짓을 다 해도 그에게 쏠리는 마음을 거두지 않았다. 머리가 나빠서 그가 아이들을 조종한다는 걸 모를 수도 있고, 아니면 알면서도 못 본 척하거나 안 보려고 할 수도 있다. 그러면 좋아하기 시작한 마음에 금이 가고, 짝

사랑이라고 해도 성을 쌓기 전에 무너져 내리니까. 그것도 아니면 나쁜 남자에게 끌리는 취향이 있거나.

얼마 안 가 태진이 주위에 여자애들이 넘쳐났다. 그를 좋아하고, 그와 사귀고 싶고, 그를 추앙하는 애 등 종류도 다양했다.

태진이는 제 발로 걸어 들어오는 복을 차지 않았다. 달라붙는 여자애들을 골라 사귀며 즐겼다. 누구랑 사귄다고 소문이 다 돌기도 전에 벌써 다른 애하고 사귈 정도로 상대를 바쁘게 갈아치웠다.

...

교실이 발칵 뒤집혔다. 태진이가 길거리 캐스팅이 되었다는, 기획사 아저씨가 학교 앞을 지나다 그에게 명함을 주었다는 거다.

인생은 참 불공평하다는 생각이 들었다. 기획사를 한다면서 사기 치는 사람이 적지 않다는데 그런 사람이길 바랐다. 아니면 거짓말을 아무렇지도 않게 하는 태진이가 지어낸 말인지도 모른다. 항상 관심 한가운데 있고 싶어 하는, 관심 종자인 그가 관심을 끌려고 한 말일 수도 있다.

어쨌거나 기획사 아저씨가 명함을 주었다는 말이 돌자 태진이는 학교에선 이미 연예인이었다. 여자애들은 스타에게 열광하듯 태진이와 눈을 마주치기만 해도 좋아했다. 선택되길, 간택되길 바라는 눈치가 역력했다.

태진이와 사귀게 되면 훈장을 받은 것처럼 자랑스러워했다. 얼마 못 간다는 걸 알면서도, 태진이의 많고 많은 여자 친구 중 하나인 걸 알면서도 좋아했다. 자부심이 컸다.

태진이의 여자 친구가 되면 여자애들 사이에서도 힘이 있는 것 같았다. 그 애 주변에 여자애들이 몰리고, 남자애들이 태진이에게 하듯 친목질을 하며 치켜세웠다. 지체 높은 사모님을 부하 직원의 아내들이 떠받들 듯이.

하기야 많고 많은 애 중에서 선택이 된 거고, 태진이의 여자 친구가 되었다는 건 그의 까다로운 심사를 통과했다는 뜻이기도 하니까. 일단 인정해 주는 경력이긴 했다.

태진이와 사귀는 여자애도 그걸 자랑으로 여겼지만, 태진이 여자 친구였던 애와 사귀는 남자애도 자랑스럽게 말했다.

"걔, 태진이 여친이었잖아. 태진이 여친."

태진이와 사귀었다는 게 누구나 인정하는 경력 인증이라도 되는 듯 말했다. 다른 건 동급이 되지 못하지만, 여자 사귀는 레벨은 태진이 수준이 되었다는 걸 은근 과시했다.

특이한 건, 태진이의 여자 친구였던 애들은 사이가 좋았다.

시기하거나 질투하지 않았다. 태진이 여자 친구였다는 명예를 나누며 친하게 지냈다. 왕의 수청을 든 궁녀들처럼 시기, 질투 따위는 문제가 되지 않는 듯했다.

어느 날이다. 수업이 시작되었는데도 태진이 여자 친구는 제 반으로 돌아가지 않았다. 태진이 무릎에 앉아서 스킨십을 주고받으며 귀여움을 떨었다. 보는 우리야 역겨워 토가 나왔지만.

"이제 곧 선생님 들어올 텐데 가야 하지 않을까?"

양심은 있는지 여자애가 말했다.

"됐어. 가지 마. 떨어지기 싫어."

"선생님이 뭐라 할 텐데?"

"됐다고."

여자 친구는 선생님보다 태진이를 믿기로 했는지 그대로 앉아 있었다.

태진이는 무릎에 앉힌 여자 친구를 뒤에서 껴안고 입김을 불어가며 목을 더듬었다.

선생님이 들어왔는데도 태진이는 팔을 풀지 않았다. 민망한지 선생님이 말했다.

"태진아, 수업 시작했잖아."

이쯤 해서 돌려보내라는 완곡한 표현이었다.

태진이는 실실 웃으며 어깃장을 놓았다.

"왜요?"

개기기로 작정한 게 틀림없었다.

"공부하자."

선생님은 되도록 태진이의 심기를 건드리고 싶지 않은지, 여자 친구를 보내라고 말하지 않았다. 보통 애가 아니란 걸 알고, 걸려들면 인생 복잡해지니 피해 가려는 심사인 것 같았다.

'도대체 어떤 애길래 선생님들은 태진이가 저래도 내버려 두는 거지? 선생님들이 조심하고 몸을 사릴 만큼 쟤 아버지가 거물인가?'

그런 생각이 들수록 다시금 전학 온 이유가 궁금해진다.

"태진아, 어서 공부하자."

"수업해요. 제가 언제 못하게 했나요?"

태진이는 실실 웃으면서 말했다. 무릎에 앉은 여자애도 태진이가 선생님한테 밀리지 않는다고, 오히려 더 세다고 생각하는지 가만있었다. 그가 밀착해 끌어안는데도 몸을 빼거나 빼는 시늉조차 하지 않았다.

선생님은 결국 그들을 그대로 놔둔 채 수업을 시작했다.

'시작을 하긴 했지만 다 마치기 전에 선생님이 못 참고 폭발할걸. 저 꼴을 두고 볼 순 없을 테니까.'

하지만 그런 일은 일어나지 않았다. 선생님은 끝나는 벨이 울릴 때까지 수업을 진행했다. 선생님에게나 우리에게나 최악의 수업이었다. 태진이는 선생님과 기 싸움을 벌인 거고, 선생님은 완전히 패배자가 되었다.

'이런 일이 일어나다니. 그것도 교실에서. 이 일로 선생님이 정신과 치료를 받거나 학교를 그만두는 거 아냐?'

보고서도 믿기지 않는 광경이었다.

선생님은 교실을 나가려다 말고 돌아섰다.

"진영아, 이번 시험 결과 나왔으니 상담실에서 좀 보자."

전교권인 진영이가 이번에도 성적이 또 떨어졌나 보다. 공부는 자신과의 싸움이고, 자신과 싸워서 이겨야 원하는 성적을 얻는데 그 전선이 흔들리는 듯했다.

사실 이번뿐이 아니다. 진영이는 책상이 사라진 날 이후로 조금씩 흔들리기 시작했다. 그러다 그 이상한 틸 사건 뒤로는 전교 10등 밖으로 밀려났다. 선생님 얼굴로 봐선 이번엔 심각한 정도까지 떨어진 게 분명했다.

'이 상황에서 성적이 문제인가. 그게 아무리 진영이라고 해도.'

하지만 선생님도 계산했을 것이다. 다른 걸로는 애들을 잡을 수 없어도, 성적으론 휘어잡을 수 있다는 걸. 사춘기 절정에 이른 애들도 성적을 들먹이면 깨갱하고 머리를 숙이니까. 선생님은 모욕적으로 보낸 시간을 성적을 들먹이며 처참히 무너진 교사의 권위를 되찾고 싶었을 것이다.

진영이는 가겠다는 건지 안 가겠다는 건지 말하지 않았다. 고개만 흔들었다. '선생님이 무슨 말을 해도 이전의 나로 돌아갈 수 없어요. 성적을 되돌릴 수 없다고요.'라고 말하는 몸짓처럼 보였다.

...

며칠이 지났을까.

"태진이 여친 또 바뀌었던데?"

"그거야 새로운 일도 아니지, 뭐. 걔 만날 그러잖아."

"이번엔 수진이야. 호현이 여친, 수진이라니까."

"정말? 가짜 뉴스 아냐?"

태진이는 항상 이렇게 기대 이상, 상상 이상을 보여 준다. 평범한 애들은 생각하지 못하는 걸 생각해내고, 상상하지 못한 방법으로 우릴 놀라게 한다. 그에겐 그런 재주가 있고, 그는 그걸 즐겼다.

태진이는 모바일 메신저 프로필 사진을 바꿨다. 수진이와 꽁냥꽁냥 하는 사진으로 도배를 했다.

'프사에 사진을 올렸으니 호현이가 난리를 치겠구먼.'

하지만 호현이는 무반응에 평온하기만 했다.

'프사에 올려도 안 들어가면 못 보니까 그래서 그런가?'

태진이도 같은 생각을 했는지 호현이를 단톡방에 초대했다. 그러고는 수진이와 찍은 애정 행각 사진을 올렸다.

두 악마가 이번엔 크게 붙는 것 아닌가. 걱정도 되고 기대도 되었다. 당사자가 아닌 이상 싸움 구경만큼 재미있는 것도 없으니까. 이런 걸 보면 사람 마음속에 악마 같은 성질이 있고, 내 안에도 적지 않은 것 같다.

반가운 이별

일진이 여자 친구를 빼앗겼으니 큰 싸움이 벌어질 줄 알았다. 만화에서 보면, 깡패들에게 여자 친구는 자존심의 마지막 보루이자 아킬레스건이었다. 이를 건들면 깡패들은 자동 버튼을 누른 것처럼 물불 가리지 않고 싸웠다.

그런데 아니었다. 호현이는 싸우려고 볏을 세우지 않았다. 수진이와 태진이가 연애질하는 사진이 내걸린 단톡방에 강제 초대되어 모욕을 당하면서도 아무런 반응을 보이지 않았다.

'태진이한테 시달리다 완전 바보가 되었나? 지가 바보로 만든 연우, 성빈이처럼.'

호현이의 관심은 딴 데로 흘렀다. 여성 혐오에 빠져 여성을 싸잡아 비하했다.

"여자도 사람이냐? 여자도 사람이냐고?"

'여자'를 입에 담는 것만으로도 더러운 기분이 드는지 퉤퉤 침을 발사했다.

아이들은 수군거렸다.

"호현이 혹시 그 사이트 회원 아냐? 여자들 막 욕하고 성희롱하는 사이트."

"맞아. 그럴 수 있어."

"어울려 다니는 형들이 알려 줬는지도 몰라. 어제도 노는 형들과 버스 정류장에서 똥폼 잡고 담배 피우는 거 봤거든."

호현이의 무반응에 지친 건 태진이었다. 태진이는 수진이와 일주일 사귀고는 다른 애로 갈아탔다. 수진이는 보기 좋게 나가떨어진 꼴이 되었다.

시작부터 태진이의 계획이었는지 모른다. 호현이를 처참히 무너뜨릴 생각으로 기획한, 그래서 맘에도 없는 애를 사귀었는지도.

원래도 태진이는 한 애와 오래 사귀진 않는다. 될수록 많은 여자를 소비하고 낭비하는 게 그의 목표이기도 하고, 그와 사귀고 싶어 하는 애들이 줄을 서 있으니 그로선 한 여자한테 오래 머무를 이유가 없었다. 바꾸고 또 갈아치우며 수를 과시했다.

"이번이 47번째야."

"벌써 47명이나 사귄 거야?"

패거리들이 부러워 침을 흘리면 으스댔다.

"적어도 100은 넘겨야지 그게 뭐가 많아."

애매하게 된 건 수진이었다. 이 일이 있기 전만 해도 수진이는 여자애들 사이에서 독보적인 존재였다. 호현이, 태진이 둘과 사귄 애는 아무도 없었고, 그건 쉬운 일이 아니니까. 여자애들, 남자애들 할 것 없이 말하곤 했다.

"완전 개성이 다른, 걔네 둘을 사귄 애는 수진이밖에 없잖아."

"맞아. 수진이는 남다른 매력이 있나 봐."

그런데 낙동강 오리알 신세가 된 것이다.

그러자 일순간에 관심이 사라졌다. 두 깡다구와 사귄 애라는 훈장이 남았을 뿐 누구도 수진이와 가까이하려 하지 않았다.

...

새끼 악마들이 악마 놀이를 하는 동안에도 시간은 흐르고 흘러 중3 막바지에 다다랐다. 어쨌거나 중3은 진로를 선택해야 하는 시기이기도 했다. 3학년이 되고서도 여전히 중2병에서 못

헤어나, 정신 못 차린 애들이 여럿 있었지만 원하든 원치 않든 중학교라는 터널을 빠져나가야 했다.

진영이는 초등학교 때부터 단 하나의 목표였던 특목고 입학에 실패했다. 태진이에게 찍힌 뒤부터 정신이 흔들리기 시작했고, 끝내 마음을 잡지 못했고, 전교 1, 2등으로 복귀하지 못했다. 특목고에 들어가지 못하자 진영이는 인생의 패배자, 낙오자가 된 듯 무기력한 모습이었다. 앉아 있기도 힘든지 구부러진 철사처럼 만날 책상에 엎드려 있는 게 일과였다.

진영이를 볼 때마다 나도 모르게 손목에 눈이 갔다. 그사이 또 흉터가 늘었나, 살피게 되었다. 그러다 진영이와 마주치면 재빨리 눈을 피했다. 영리한 진영이가 내 의도를 알아챈 것 같아서 미안했다.

호현이는 특성화고에 원서를 썼다. 어울려 다니는 형들이 특성화고에 많으니 그랬나 싶었다.

태진이는 지방에 내려간다고 했다. 듣던 중 반가운 소식이었다.

"지방에는 왜?"

"아빠 사업 때문에 가족들이 내려가게 되었는데, 마침 내가 다니고 싶은 학교가 있어서."

악마를 내가 지방에 격리시킨 것처럼, 유배시킨 것처럼 고소

했다. 그와 떨어져 사는 것만으로도, 그를 보지 않는 것만으로도 행운이니까.

표정 관리를 하고 그들이 주고받는 말에 귀를 기울였다.

"어떤 학교야?"

"대안 학교."

"대안 학교? 대안 학교는 중퇴자나 일반 학교에 적응 못하는 애들이 가는 거 아냐?"

긴장이 풀려 마음에 있는 말을 솔직하게 내뱉은 패거리는 귀싸대기를 맞았다.

"뭐야? 짜식이 건방을 떨어."

그러자 정신이 번쩍 들었는지 다른 애들이 공손하게 물었다.

"태진아, 대안 학교가 뭔데?"

태진이는 설명해야 하는 처지가 못마땅한지 공기 중에 침을 발사하더니 말했다.

"너희도 학교 다녔지만 일반 학교는 문제가 많잖아. 늙은 꼰대들이 만날 이래라저래라 억압하고, 자유도 개성도 다 죽이고. 그래서 만들어진 게 대안 학교야. 한마디로 좆나게 공부만 시키지 않고 하고 싶을 걸 맘껏 하도록 하는 학교야."

대안 학교가 그를 가두는 가두리 양식장, 교도소가 되길 바랐는데 실망스러웠다.

'좆나게 공부시키지 않고 하고 싶은 걸 맘껏 하도록 한다니, 그건 우리 모두가 바라는 건데. 넌 참 복도 많다. 너희 부모는 어떻게 그런 델 알아내 널 보내냐? 재력 못지않게 정보력도 탁월한가 보네.'

패거리 하나가 말했다.

"우리는 고등학교 가면 창살 없는 감옥에서 징역살이나 실컷 할 텐데, 넌 정말 좋겠다."

"잘됐지. 마침 거기가 예술 쪽 대안 학교라 더 맘에 들어. 내가 좋아하는 분야니까."

...

평범한 애들은 인문계로 갔다. 선택의 여지가 없었다. 아니다, 평범한 애들도 길이 갈렸다. 탈출하는 자와 남을 수밖에 없는 자들로. 엄마가 교육에 관심이 많고, 돈이 좀 있는 집 애들은 학군 좋은 동네로 이사를 했다. 이도 저도 안 되는, 나 같은 애들은 눌러앉아 배정해 주는 학교를 '공손히' 다녀야 했다.

신입생을 맞은 교장 선생님은 흥분해 "진지하게 미래를 설계해야 하는 시기고, 창조적 인간이 어떻고……" 하며 설교했지만, 애들은 신발로 운동장 흙을 긁적이며 구시렁거렸다.

"둘이 입학에서 셋이 졸업하는 학교라는 거 다 알고 왔는데 무슨 말을 하는 거야?"

순진해 보이는 애가 물었다.

"그게 무슨 말이야?"

"이 학교는 하도 연애질이 심해 임신해서 졸업한다는 뜻이야. 몰랐냐?"

"정말?"

"기대해도 좋을 듯. 킥킥."

날마다 공부만 해야 하는 날들이 계속되었다. 공부에 뜻이 있거나 없거나, 잘하거나 못하거나, 공부하거나 하는 척을 해야 했다. 수학 포기자도 수학 시간을 거부하지 못하고 x, y가 범벅 된 칠판을 봐야 하는 것처럼, 우리는 공부의 굴레에서 벗어날 수 없었다. 도살장에 끌려가듯 학교에 가고, 공부하고, 학원을 들락거렸다.

다행이라면 내겐 밀착 감시하고 닦달하는 엄마가 없다는 거다. 엄마는 어쩌다 한번 할아버지 댁에 와 내게 용돈을 주고 갔다. 남편인 그와 마주칠까 봐 서둘러 떠났다. 그러니 공부, 성적 이야기를 길게, 깊게 할 시간이 없었다.

나도 공부를 잘하고 싶다. 부모가 버린 나를 맡아 준 할아버지의 기대와 희망을 저버리고 싶지 않다. 하지만 나름 한다고 하는데도 성적은 신통치 않다. 여전히 공부 잘하는 애들을 위해 깔아 주는 애, 퍼센트를 올려 주는 수준이다.

오랜만에 호현이 소식이 들렸다. 형들과 틀어져 싸움을 크게 하고, 학교를 그만두었다는 거다.

'맘대로 속 편하게 사는 줄 알았는데 그 세계, 그 생활도 쉽지 않나 보네.'

얼마나 시간이 흘렀을까. 독서실에 갔다 휴게실에서 성빈이를 만났다.

"동원아, 나 어제 그 새끼 봤어."

"누구?"

"호현이 그 새끼. 배달하는지 오토바이 타고 있더라."

"오토바이 탄다고 다 배달하는 것 아니잖아. 노는 애들이 폼 잡으려고 타기도 하니까."

"중국집 배달 가방 신고 신호등 앞에 서 있었어."

"짜장면 배달이나 하고, 걘 왜 그렇게 막사냐? 못된 짓 엄청 했지만 벌써 인생 낙오자 되고, 안됐다. 걔 지금부터 그렇게 살면 앞으로도 계속 하층민으로 살 거 아냐?"

성빈이는 '너 지금 정신 나갔냐?' 하는 얼굴로 날 빤히 쳐다보았다.

"하층민?"

성빈이는 내 단어 선택이 불만이고 심히 불쾌한지 말꼬리를 늘이더니 덧붙였다.

"요즘 라이더들 잘나가. 배달 앱 라이더들은 평균 월 소득이 400이 넘고, 배달 플랫폼들이 서로 데려가려고 쟁탈전을 벌이기까지 한대."

"배달원들이 다 그런 건 아니잖아. 오토바이 사고도 잦고. 그리고 갠 짜장면 배달하고 있었다며?"

"그래서 지금 심히 걱정된다는 거야? 니 걱정이나 해."

이 말이 바늘처럼 꽂혔다.

"너나 나 같은 애들이 더 답 없어. 딱 까놓고 얘기하면 우린 공부를 못하잖아. 뭐, 대학에 이름을 걸어둘 순 있겠지. 듣지도 보지도 못한 '듣보잡' 대학이나 논바닥 대학은 정원 미달이니까. 근데 그런 데 가봤자 취직 안 되잖아. 여기저기 원서 넣다 9급 공무원 공부한다며 허송세월하다 백수 되기 십상이지. 그땐 배달하겠다고 나서도 나이 들었다고 안 시켜 줄걸. 그런 거 생각하면 일찌감치 공부 때려치우고 빨리 시작한 '그새'가 나을 수 있어."

호현이한테 괴롭힘을 당할 때만 해도 성빈이는 약하게만 보였다. 그런데 이렇게 냉소적인 애였다니. 하기야, 똑똑해도 파렴치한을 만나 시달리다 보면 바보가 된다. 몸도 정신도 망가지다 마비가 된다. 그런데 성빈이는 악마들과 떨어져 지내며 자기 자신을 완전히 되찾은 것 같았다.

"호현이는 악랄하고 교활한 태진이보다 단순, 무식했잖아."

"단순, 무식해서 용서된다는 거야? 우리한테 별 못된 짓을 다 하고 중학교 시절을 망쳐 놓았는데?"

성빈이는 독기를 품고 내내 이를 갈고 있었던 게 분명했다.

"그래도 태진이 때문에 인생 완전 망한 케이스잖아."

"그래서 심히 안쓰럽고 안타깝다는 거야?"

그 순간 생각이 스쳤다.

'내가 왜 지금 호현이를 안타까워하며 계속 편들고 있는 거지? 혹시 호현이한테서 나를 낳은 그의 모습을 본 거 아닐까? 보나 마나 그도 어렸을 때 호현이처럼 막살았을 테니까.'

하지만 인정하고 싶진 않았다. 그 생각을 떨쳐버리려고 머리를 흔들어 깨웠다.

성빈이는 흥분이 가라앉았는지 나직한 목소리로 말했다.

"너나 잘 살아. 우리 걱정이나 하자니까."

"그렇긴 하지."

성빈이는 시계를 보더니 일어서며 말했다.

"안 되는 공부나 하러 가자."

"그래."

"우린 배달시킨 우동 국물에 손 집어넣고 짜장면에 침 뱉었나, 그 걱정이나 하면 돼. 걘 그러고도 남을 애니까."

성빈이는 씩 웃으며 먼저 공부방으로 들어갔다.

오디션 프로그램

고등학생이 되면 지옥문이 열린 거나 다름없다고 하지만, 난 싫지 않았다. 악마들과 합법적으로 자연스럽게 헤어지게 되었기 때문이다. 주변이 청소된 듯 홀가분했다. 다른 골칫덩이가 나타나 뒤죽박죽이 될지라도 어쨌든 털고 다시 시작할 수 있어 좋았다.

엄마가 할아버지 댁에 자주 왔다. 엄마는 전처럼 그를 만날까 봐, 그에게 봉변을 당할까 두려워하지 않았다. 평범한 주부처럼 찬찬히 반찬을 만들고 집 안 청소를 하다 갔다.

그가 나타났다. 그동안 아무 일도 없었던 것처럼. 하긴, 아무 일도 없긴 했다. 골칫거리인 그가 없으면 항상 평온하니까.

엄마와 그가 오는 날이 겹치기도 했다.

'어떻게 오는 날이 겹치지? 지옥처럼 살았지만 천생연분인가 보네.'

엄마가 먼저 오기도 하고, 그가 먼저 오기도 했다.

'둘이 만나기 위해 시간을 맞춘 건가?'

엄마는 그가 옆에 있는 데도 피하지도, 무서워하지도 않았다. 그도 전처럼 엄마를 잡아먹으려고 으르렁대지 않았다.

'둘이 합치려고 그런가? 나 모르게 다 얘기가 된 건가?'

"동원아."

그가 내 이름을 불렀다. 나도 모르게 몸이 얼음이 되었다.

"동원아, 학교는 벌써 끝났을 텐데 왜 이제 와? 어디 들렀다 오는 거야?"

오랜만에 나타나선 인자한 아버지 노릇을 하려 했다. 민망해지는 건 내 몫이었다.

그와 엄마는 점점 방문 횟수를 늘리더니 효심 많은 아들 며느리처럼 주말마다 왔다. 할아버지와 나를 만나러 오는 것보다 둘이 만나는 걸 공식화하기 위해 그런 것 같았다.

예정된 순서처럼 얼마 뒤 그와 엄마는 집을 얻는다고 했다. 집을 얻어 나랑 같이 살 거라고 했다.

"전 앞으로도 할아버지랑 살 거예요."

난 단칼에 거절했다. 가족이라는 이름으로 묶여서 어색하게 살기 싫었기 때문이다.

그가 돈 냄새를 맡았는지도 모른다. 종업원으로 일하며 억척같이 돈을 모아 식당을 연 엄마한테 돈을 뜯기 위해 다시 접근하는지도. 빵 셔틀, 돈 셔틀을 하기 위해서 악마의 본성을 잠시 숨기고 부부의 모습, 가정의 모습을 연출하는지도.

어쨌거나 그와 엄마는 집을 얻어 나가고 난 할아버지와 남게 되었다.

다시 내 생활로 돌아왔다. 그가 내게 해 준 게 있다면 나를 버렸다는 거다. 질풍노도의 시기를 그와 함께 보냈다면 파멸하거나 파괴되었을 것이다. 그와 나, 둘 중 인내심이 약한 사람이 먼저. 순서만 달랐을 것이다.

...

오디션 프로그램이 유행하기 시작했다. 노래 경연, 댄스 경연, 연기 대결 등 프로그램 종류도 다양했다.

참가자들은 예선부터 치열한 경쟁을 벌였다. 있는 재능 없는 재능까지 다 끌어내 보여 주면서 살아남아야 이기는 형식이다. 말 그대로 서바이벌 게임이다.

마음을 끄는 건, 그 게임에 시청자를 참여시키는 거였다. 문자 투표로 시청자를 참여시켜 열기를 돋웠다.

"여러분이 보내 주시는 문자 투표 하나하나가 모여 우승자가 결정됩니다. 어서 전화기의 버튼을 눌러 소중한 한 표를 행사해 주시기 바랍니다."

사회자는 중간중간 투표를 독려한다. 안 하면 해야 할 일을 미루고 있는 것처럼 불편해진다. 방송사의 꼬임이라는 걸 알면서 어쩌다 한 번 누르게 되는 것도 그 때문이다. 손가락만 까딱거려도 참여자가 되고, 참여자가 되면 결과가 더 궁금해지기 때문이다. 내가 누른 참가자의 득표수가 올라가고, 성적이 좋으면 기분이 좋아진다.

10대들이 참여하는 오디션 프로그램이 시작되면 교실은 열기로 가득 찬다. 특히 여자애들은 열심이다. 예선부터 챙겨보며 기억하지 않아도 될 애들 이름까지 기억하고 들먹이며 열광한다. 시청자 투표에 꼬박꼬박 참여하는 걸 자랑하기도 하고 서로 독려하기도 하며 우정을 나눈다. 앞으로 누가 본선 무대에 올라갈지 점치며 궁금해한다. 자신이 찍은 애가 1차, 2차 등 관문을 통과하면 지가 키운 듯 뿌듯해한다. 자기가 낳아 길러 성공시킨 것처럼 흥분한다.

"걘 정말 내가 키웠어. 남들은 관심 없을 때부터 난 걔를 알아보고 열심히 응원했거든."

그렇게 열중하는 걸 보면 아직 어린 몸이지만 뭘 키워내고자 하는 엄마 마음이 있고 그 모성 본능이 이런 오디션 프로그램을 보면서도 발휘되는 것 아닌가 생각이 든다.

하지만 남자애들의 포인트는 조금 다르다. 게임 같아서 보고, 서바이벌이라서 게임을 하듯 즐긴다. 인터넷 게임을 TV에서 보는 느낌으로. 하지만 여자애들처럼 그렇게 열중하진 않는다. 우리에겐 그것 말고도 흠뻑 빠져 즐길 게임이 많으니까.

"새로 시작한 오디션 프로그램 봤어?"

"당연히 봤지. 이종빈 걔 진짜 잘생겼더라."

"맞아 맞아."

여자애들은 예선을 보고서도 벌써 팔짝팔짝 뛰었다. 다시 판이 벌어진 것이다.

"이번엔 정말 잘 찍어야겠어."

지지하던 애가 중간에 탈락하는 바람에 절망했던 애들은 마음을 다잡았다. 처음부터 잘 골라 우승까지 가는 경험을 해 보고 싶은 간절함이었다.

하기야 게임기 속에서 괴물을 키우는 것도 재미있고 보람을 느낀다. 그런데 경연 프로그램은 사람을 키우는 것 아닌가. 시청자 투표 결과가 반영된다고 하니까.

'스타 서바이벌'에 출연한 이종빈은 잘생긴 외모와 자신감, 끼로 시청자들을 사로잡았다. 여자애들은 본방송 사수는 물론, 쉬는 시간에도 반복해서 시청하며 캬캬 소리를 지르고 팔짝팔짝 뛰었다.

"이종빈 눈 찡긋하는 것 봤어?"

"응, 봤어. 옆모습 너무 심하게 잘생기지 않았냐?"

"맞아. 그래선지 카메라도 자꾸 왼쪽 옆모습을 비추더라고."

"걔 손가락 하나 올리는 것까지 어쩜 그렇게 멋있냐."

오디션 프로그램이 시작되면 여자애들은 교실 속 남자들에게 관심이 없다. 썸 타던 애에게도 눈길조차 주지 않는다. 눈치가 빠른 남자애들도 그걸 알고 대시하지 않는다. 마음 가는 애가 있어도 오디션 프로그램이 끝나길 기다린다. TV 속 그들에비하면 자신은 오징어일 뿐이고, 그러니 어떻게 해도 안 된다는걸 알기 때문이다.

"암만해도 이번엔 이종빈이 우승할 것 같아."

"맞아. 시청자 문자 투표도 계속 1등을 하고 있잖아."

"2위와도 엄청 차이가 나던데? 그러니 당연히 우승이지."

예상했던 대로 이종빈은 예선을 무난히 통과, 본선에 올랐다.

"이변만 없다면 이종빈이 우승이야."

"무슨 이변이 있겠어. 잘생긴 건 물론이고 춤도 잘 추고 노래도 잘하고 끼도 넘치고 미션마다 잘도 해내던데."

그런데 이변이 일어났다. SNS와 온라인 커뮤니티에 이종빈이 학창 시절 학교 폭력을 저질렀다는 글이 올라오기 시작한 거다.

교실이 뒤숭숭했다.

"너 그거 봤어? 이종빈이 일진이었다는 거."

"잘나가니까 누가 괜히 시기, 질투해서 올린 것 아닐까?"

"맞아. 왜 우리 종빈이한테 그러는지 몰라. 정말 나빠."

여자애들은 안타까움에 울 지경이 되었다.

그러자 남자애들이 말했다.

"학교 폭력으로 여러 번 신고를 당했고 생활 지도부를 밥 먹듯 들락거렸다잖아."

"호프집에서 술을 마시거나 담배를 피우는 건 물론이고 패싸움도 여러 번 했대."

"인터넷 보니까 이종빈에게 안 맞아본 애가 없다더라고. 아주 악질이었나 봐."

아영이는 정말 눈물을 뚝뚝 떨어뜨리며 울먹였다.

"도대체 왜 그런 짓을 저지른 거야. 그렇게 착하게 생겨가지고선. 조금 조심하지."

못된 아들의 과거를 지우고 싶은 어미처럼 안타까워했다.

인터넷에선 당장 프로그램에서 하차시켜야 한다는 의견과

어린 시절 철모르고 저지른 행동이니 용서해 주어야 한다는 의견이 경쟁하듯 올라왔다. 또 다른 서바이벌 게임이 펼쳐진 것처럼 뜨거웠다.

그러자 이종빈은 사과문을 발표했다.

"어린 시절 철없이 행동했던 저 자신이 참으로 부끄럽고 후회가됩니다. 피해를 본 친구들에게 다가가는 중입니다. 이번 일로 과거를 돌아보며 좋은 사람이 되도록 노력하겠습니다. 깊이 반성하고 자숙하며 살겠습니다."

"이종빈이 사과했대. 사과문을 발표했다니까."

"정말?"

사과문을 발표한 게 뭐 그리 대단한 일이라고 그렇게 호들갑을 떠는지 이해가 되지 않았다.

'니가 사과한다고 니가 망친 애들의 상처, 학창 시절이 바뀌냐? 뭐, 피해를 본 친구에게 다가가는 중이라고? 걘 니 낯짝 다시 보고 싶지 않을 텐데. 너를 보면 끔찍했던 과거가, 가까스로 눌러놓은 트라우마가 되살아나 더 힘들어질 텐데 니 맘대로 다가가? 너 같은 게 좋은 사람이 되겠다고? 넌 그저 사과문을 발표하고, 연예 활동을 하고 싶은 거잖아. 사기꾼아.'

실컷 욕을 해도 속이 시원치 않았다.

아이들은 궁금해했다.

"프로그램을 그만둔다는 거야, 계속한다는 거야?"

"사과했으니 계속해도 되는 거 아닐까?"

하지만 이종빈이 사과문을 발표한 뒤에도 반대 여론은 잠잠해지지 않았다. 그런 애가 TV에 나와 활동하는 건 청소년에게 좋지 않은 영향을 미친다는 여론이 거셌다.

그러자 신중하게 사태 파악을 하겠다며 여론을 살피던 제작진도 꼬리를 내렸다. 이종빈을 프로그램에서 하차시키겠다고 성명을 발표했다.

그를 지지하던 여자애들이 받은 상처는 컸다.

"나 이제 '스타 서바이벌' 안 볼 거야."

"나도. 이종빈이 없는데 봐서 뭐 해."

확실히 열기가 식긴 했다. 이종빈 없이 진행되는 프로그램은 시청률이 추락했고, 이종빈 아닌 우승자는 우승하고도 빛을 보지 못했다.

연예인 학교 폭력

학교 가고 학원 가고, 그렇고 그런 날들이 끝없이 이어지고 있었다.

공부하는 건 힘들다. 만날 공부만 하다간 미쳐버릴 것 같다. 공부 아닌 뭔가가 필요하다. 하지만 마땅히 할 것도, 볼 것도 없다. 그러니 게임을 하고, 방송을 보는 거다.

교실이 들썩이기 시작했다. 연예인 학교 폭력 사건으로 한동안 잠잠하더니 또 오디션 프로그램이 시작된 거다.

아이들은 블랙홀처럼 빨려들어 갔다. 주변에선 좀체 볼 수 없는 잘생긴 애들이 나와 춤추고 노래하고 온갖 예쁜 짓, 멋있는 짓을 다 하고, 재주까지 부리니 사실 판타지가 따로 없다.

공부에 갇힌 우리에겐 판타지가 필요하다. 여자애들이 오디션 프로그램에 열광하는 것도, 남자애들이 게임에 열중하는 것도 마찬가지다. 우리에게 판타지는 숨구멍이다. 잠시나마 답답한 현실을 잊고 숨 쉴 수 있는.

"'아이돌 캐슬'은 예선부터 진짜 대박이더라."

"저번에 그런 일이 있었는데도 또 보냐?"

"맞아. 그러니까 너희를 빠순이라고 하는 거야."

"이번에 출연한 애들은 달라. 진짜 착하고 멋지게 생겼거든."

그러자 명석이가 장난스럽게 말했다.

"얘들아, 오빠 말 들어. 너희 그러다 또 당할라."

"오빠는 무슨 오빠야. 진짜 토 나온다."

"그러다 당한다니까. 일진이었던 과거가 폭로되고, 프로그램에서 퇴출당하고, 그러면 또 실망하고. 그렇게 당하고도 정신을 못 차렸냐?"

여자애들은 한패가 되어 여기저기서 나섰다.

"이번엔 참가자가 어떤 애인지 미리 다 조사했대."

"맞아. 이번엔 그런 애들을 걸러내려고 제작진이 참가자들과 세 번이나 미팅했대. 과거에 혹시 잘못한 게 있다면 솔직하게 말해 달라고."

"그 양아치들이 과연 솔직히 말했을까?"

"왜 그렇게 사람을 못 믿어. 그렇게 의심부터 하는 것도 병이야 병."

...

오랜만에 성빈이한테서 전화가 왔다.

"너 그거 봤어?"

"성빈아, 너 요즘도 그 독서실 다녀?"

"그거 봤냐고?"

성빈이는 내 말은 들리지도 않는지 제 할 말만 앞세웠다.

"뭐?"

"'아이돌 캐슬' 말이야."

"요즘은 오디션 프로그램 안 보는데."

"나도 그딴 거 안 보는데, 아까 채널 돌리는데 그 새끼가 나오더라고."

"누구?"

"이태진 그 악마 새끼."

성빈이 목소리가 심하게 떨리고 있었다. 예전의 고통이 되살아나 숨이 가빠지는 게 전화로도 느껴졌다.

"정말?"

"한번 봐봐."

성빈이는 전화를 끊었다. 오랜만에 전화해서는 안부도 묻지 않고 그렇게 전화를 끊었다.

정신이 멍했다.

'이태진이 TV에 나오다니. 기획사 사람한테 명함을 받았고 연기 학원에 다닌다는 말을 들었지만, TV에 나올 줄은 몰랐어. 관심 종자여서, 관종기로 나대다 끝날 줄 알았어. 지방의 대안 학교에 가는 것으로 내 인생에서 떨어져 나간 줄 알았는데, 더 는 내 인생에 등장하지 않아야 하는 인물인데, 그가 또 나타나 다니.'

TV를 켰다. 정말 그였다. 이태진.

그런데 가명을 쓰고 있었다. 김하늘이라고. 하기야 이름을 바 꿔야 했을 거다. 그렇게 못된 짓을 하고 본명 그대로 나오는 건 부담이 됐을 테니까.

얼굴도 그때와는 달랐다. 수술했는지 코도 눈도 달라져 있었 다. 거기다 무대 화장까지 해 잘 봐야 그라는 걸 알 수 있었다. 하지만 분명히, 확실히 이태진이었다.

뱀 눈깔을 하고 느물느물 웃으며 아이들을 괴롭히고 선생님 을 깔아뭉개던 교활함은 온데간데없었다. 이태진, 아니 김하늘 은 완전히 딴사람이 되어 착한 척 멋있는 척 가식을 떨었다. 눈

뜨고 보기가 역겨웠다.

'씨, 내가 왜 이걸 봐야 하는데?'

TV를 꺼 버렸다. 공부할 것도 숙제도 많았지만, 손에 잡히지 않았다. 머리가 온통 그의 생각들로 채워졌다. 끔찍했던 기억들이 되살아났다. 생각만으로도 기분이 나빠지는 과거의 기억을 떨치고 싶었다. 하지만 마음대로 되지 않았다.

잠을 설치고 아침을 먹는 둥 마는 둥 하고 학교에 갔다. 누군가 교실로 들어서며 말했다.

"어제 '아이돌 캐슬' 봤어?"

"응. 김하늘 걔, 너무 멋있더라."

"근데 있잖아. 김하늘이 예전에 우리 동네 살았대."

그러더니 재연이는 나한테 소리쳤다.

"아 참, 동원아, 김하늘 너랑 같은 중학교 나왔다는데 걔 알아?"

그를 안다고 대답하는 게 싫어 고개만 끄덕했다.

"걔 이번에 우승할 것 같던데? 보면 볼수록 매력 있는 '볼매'야 '볼매'."

"맞아. 잘생긴 애가 어쩜 그렇게 말도 잘하냐."

"웃는 얼굴이 너무 순수하고 천진해 보이더라. 그러면서도 무대에선 힘이 넘치고."

"김하늘은 진짜 얼굴 깡패, 얼굴 천재야. 매력도 짱이고. 우리 열심히 응원하자."

안 본다고 해놓고선 다들 보고 있었던 거다. 욕하면서도 드라마를 계속 보는 아줌마들처럼. 난 단칼에 끊었는데.

하지만 이번엔 끊고 못 끊고의 문제가 아니었다. 이태진이 나오지 않나. 그 악마가 이번엔 무슨 짓으로 어떻게 사람들을 홀리고 사기극을 펼치는지 봐야 했다.

경연 프로그램은 자꾸 인터뷰를 껴 넣었다. 스토리를 입혔다. 어떤 참가자는 엄마 아빠가 어릴 적 이혼한 환경에서도 닥치는 대로 아르바이트를 하며 꿈을 포기하지 않고 노력해 왔다는 등 동정표를 얻으려고 작전을 폈다. '영끌'을 해서라도 살아남아야 하는 게 오디션 프로그램이니까.

김하늘은 인터뷰에서 말했다.

"전 어릴 때부터 책을 좋아했고, 책을 읽은 다음엔 책 내용을 떨치지 못해 생각에 잠겨 있는 버릇이 있어요."

"그렇게 잘생긴 얼굴로 책 읽고 사색에 잠겨 있는 건 얼굴 낭비 아니에요?"

진행자가 장난스럽게 말하자 그는 세상 순진한 표정으로 미소를 지었다. 과하지 않게 살짝 올라가는 입꼬리마저도 소속사에서 알려 준 게 아닐까, 생각이 들 정도로 계산해서 웃었다.

"얼굴 천재, 얼굴 깡패인 줄로만 알았더니 이제 보니 미소 천재, 미소 깡패네요. 책 많이 읽고, 사색을 많이 한 사람만이 지을 수 있는 미소인 것 같아요. 너무 멋져요."

김하늘은 3차에 걸친 예선, 준결승을 무난히 통과, 최종 결승 진출에도 성공했다.

"우리 동네 출신이니까 더 열심히 응원하자."

고향 향우회에서 그 지역 출신 애들을 장학금 주며 키우듯, 아이들은 문자 서비스로 팍팍 밀어주었다. 그럴수록 나는 가슴이 답답했다.

'넌 그저 연예인 지망생으로 끝나야 해. 보기 좋게 나가떨어져야 한다고. 실패해야 조금이라도 반성하지. 너 같은 애는 성공하면 안 돼. 그건 너무 불공평하잖아.'

간절히 바랐지만 그는 역대 최고 시청률을 기록한 오디션 프로그램에서 우승을 거머쥐었다. 김하늘을 응원하던 아이들은 자기들이 성공한 듯 좋아했다.

"우리 동네에서 그런 스타가 나오고 정말 대단해."

"맞아. 난 그래서 정말 고맙더라고. 우리 동네를 빛내 준 거잖아."

내가 바로 그 악마입니다

TV만 켜면 김하늘, 아니 이태진이 나왔다.

"이번에 '아이돌 캐슬'에서 우승한 김하늘 군입니다."

박수와 환호가 터졌다.

"여러분, 하늘 군이 깡패인 것 아시죠?"

순간 방청석은 술렁였다. 시청하던 나 또한 깜짝 놀랐다. 그는 정말 깡패였으니까. 깡패 중에서도 악랄하고 교활한.

'하지만 방송에서 사회자가 저렇게 대놓고 말해도 되나?'

방청석을 얼어붙게 했던 사회자는 실실 웃으며 말했다.

"뭘 그렇게 놀라세요? 하늘 군은 얼굴 깡패잖아요. 히히. 그런데 하늘 군이 출연했던 '아이돌 캐슬' 음원이 차트를 올킬한 거 아시죠? 얼굴 깡패가 음원 깡패까지 되었다니까요. 그러니 더블 깡패, 완전 깡패죠."

방청석의 반응이 다시 뜨겁게 달아올랐다.

"깡패님, 먼저 트레이드마크인 그 살인 미소 한번 날려주셔야죠."

그가 살짝 미소를 짓자 방청객들은 목이 터져라 환호성을 질렀다.

'방청객들의 반응을 유도하는 바람잡이가 있다더니 그래서 그런가? 아님 정말 좋아서 저렇게 난리들인가?'

하지만 현장에 있지 않고, TV로 봐선 알 수가 없었다.

그는 가수로 데뷔했지만 예능에도 나왔다.

"이번에 '아이돌 캐슬' 보셨죠? 거기서 재능과 끼를 맘껏 발산한 김하늘 군입니다."

"와!"

"오늘은 순도 100% 청정 고딩 스타, 초절정 꽃미남 김하늘 군과 재미있는 시간 가져보겠습니다."

그는 연예인들과 어울려 게임을 하고 사회자가 요구하는 미션을 수행했다.

'저렇게 연예인들과 어울려 노는 걸 보니 이제 진짜 연예인이 된 거네.'

꼴도 보기 싫어 채널을 돌리면 거기서도 또 그가 나와 웃고 떠들었다.

예능뿐이 아니었다. 광고에도 그가 나오고, 화보까지 찍었는지 화보 촬영 기사와 함께 사진들이 올라왔다. 그는 이 옷 저 옷을 입고 멋있는 척하며 웃고 있었다.

그를 보는 게 끔찍하고 역겨웠다.

하지만 사람들은 그에게 열광했다.

"김하늘을 보고 있으면 감정이 메마른 사람도 낭만적이 돼요. 죽었던 연예 세포마저 다시 살아난다니까요."

사람들에겐 그가 먹히는 얼굴이고 이미지인 듯했다. 우리에겐 악마였는데, 악마 중에서도 역대급 악질 악마였는데. 그래서 생각만 해도 진저리가 나는데.

그를 볼 때마다 혼란스러웠다.

얼마 안 가 그는 드라마에도 출연했다. 조연으로 얼굴을 내밀었다.

"김하늘 연기하는 거 봤어?"

"봤지. 걘 연기도 잘하더라."

"맞아. 내 생각엔 가수보다 드라마에 더 잘 어울리는 비주얼인 것 같아."

단순히 여자애들 생각에 그치지 않고 PD도 같은 생각을 했는지 교실이 떠들썩했다.

"김하늘이 주연이 되었대."

"정말? 벌써 주연이 되었다고?"

"그렇다니까."

"어떤 드라마인데?"

"'내가 바로 그 악마입니다'."

"제목이 너무 빡센데. 걔한테 너무 안 어울려. 그렇게 순진무구한 얼굴로 어떻게 악마 연기를 한다는 건지 믿어지지 않아."

"바로 그걸 노리는 거야. 전혀 악마 같지 않은 애가 악마 연기를 한다니 엄청 궁금하고 벌써 보고 싶잖아."

정말 믿기지 않았다. 엄청 불길한 사기극에 걸려든 것처럼 불안하고, 불편했다.

'그는 지금 가명으로 과거를 싹 숨기고 순진하게 웃으며 사람들을 속이고 있잖아. 그런데 스스로 악마라고 고백해? 제목만 보면 그렇잖아. 실제로 진짜 악마인데, 악마가 아닌 것처럼 연기하겠다는 거잖아. 사기야, 완전 사기극이라고.'

멈추라고 소리치고 싶었다. 그래선 정말 안 된다고.

그러거나 말거나 드라마, '내가 바로 그 악마입니다'가 시작되었다.

'그가 간악한 본성을 숨기고 어떻게, 그리고 어디까지 세상을

속이고 희롱하는지 봐야겠어.'

원치 않지만 본의 아니게 '열혈 시청자'가 되었다.

예고했던 대로 그는 주인공인 악마 캐릭터를 연기했다.

그런데 흔히 생각하는 악마가 아니었다. 그는 공부도 잘하고 친구들 사이에선 인기 폭발이지만 어른들 말을 곧이듣지 않았다. 무조건 해묵은 생각을 강요하는 어른들에게 대들고, 복종을 요구하는 꼰대들 앞에서 절대로 기가 죽지 않았다. 앞뒤 재지 않고 내가 원하는 삶을 살겠다고 외치며 제 갈 길을 갔다.

사실 그건 우리의 꿈이기도 했다. 누구나 원하는, 하지만 실행하진 못하는.

'그런데 악마라니. 어른들 입장에서 보면 저게 악마라는 뜻인가?'

그게 다가 아니었다. 그는 부잣집 아들이지만 가정 형편이 어려운 여자 주인공과 사귀었다. 엄마가 업체를 고용해 뒤를 밟으며 온갖 방해 공작을 펴지만 굴복하지 않고, 여자 친구에게 지극 정성을 다하며 사랑을 키워나갔다.

"너는 악마야. 엄마 말은 절대 안 듣는."

방해 공작이 실패로 끝날 때마다 드라마 속 엄마는 한탄했다.

여자애들은 드라마에 몰입했다. 여자 주인공과 하나가 되어 신데렐라 꿈을 키워갔다. 백마 탄 왕자의 사랑을 받는 건 여자애들의 오랜 꿈이기도 하니까. 여자애들은 평등을 주장하면서도 백마 탄 왕자를 기다리고, 백마 탄 왕자가 나온 드라마를 좋아한다. 시청률을 올리기 위한 뻔한 설정인데도 저의를 의심하지 않고 빠져든다.

그런데 그들 청순한 사랑에 어려움이 닥친다. 그는 여자 친구를 빼앗으려는 일진 패거리에게 집단 폭행을 당한다. 몸이 성한 데 없이 만신창이가 되지만 끝끝내 맞선다. 그러자 일진들이 침을 뱉고 떠나며 내뱉었다.

"지긋지긋한 악마 새끼야. 절대 포기를 모르는."

여자 친구를 어렵게 지켜냈지만 그들은 헤어져야 했다. 엄마와 이혼 뒤 단둘이 살던 아버지가 사기극에 휘말려 집을 날리고 교도소에 가는 바람에, 여자 주인공이 지방의 할머니 집으로 내려가 살아야 했기 때문이다.

그렇고 그런, 물린 설정이었다. 시청자를 애태우기 위해 끼워 넣은, 뻔하디뻔한 장치였다. 하지만 제작팀의 바람대로 시청자들은 빨려 들어갔다.

"우리 대학 가서 만나자."

"학원도 하나 없는 시골이라 쉽지 않겠지만 열심히 할게."

"난 대학 가면 아르바이트부터 할 거야."

"너희 집은 부자인데 왜 아르바이트를 해?"

"아빠가 부자지 내가 부자는 아니잖아. 너 서울 와서 대학 다니려면 내가 열심히 벌어야지."

"넌 진짜 악마야. 죽도록 사랑하고 싶은 나의 악마."

여자 주인공은 눈물을 흘리며 그의 품속으로 들어가 살포시 안겼다.

드라마가 끝나도 여자애들은 드라마에서 헤어나지 못했다. 드라마가 그린 판타지에 빠져 살았다.

"어쩜 그렇게 멋있는 남자가 다 있냐?"

"그런 남자가 나타난다면 난 정말 목숨 바쳐 사랑할 거야."

드라마를 보는 내내 괴로웠다. 화가 나고 분노가 치밀었다.

'PD가 그에게 숨겨진 악마성을 간파하고 그런 역할을 맡긴 걸까. 아니면 순진한 척하는 그에게 속아 정말 착한 앤 줄 알고, 반전 캐릭터로 등장시켜 사람들의 반응을 폭발시키려는 의도였을까. 그것도 아니면, 면접 과정이나 제보를 통해 그의 과거를 알게 되었지만 버리기엔 그의 상품성이 아까워, 이 드라마에 '악마'로 등장시켜 면죄부를 주려는 치밀한 계략이었을까.'

기억에서 꺼내고 싶지 않은 장면들이, 자꾸 되살아났다. 괴롭힘을 당하던 진영이, 그가 날려버린 호현이와 패거리들, 그리고 그의 휘하에서 노예가 되어 못된 짓을 하던 졸개들이 머리를 가득 채웠다.

나를 낳은 그가 악마였고, 어린 나이부터 학교 폭력을 당해 선지 난 악마를 보면 극도로 예민해진다. 하지만 학창 시절을 돌이켜 보면 나보다 더 심하게 학교 폭력을 당한 애들이 적지 않다.

나도 이렇게 힘든데 진영이, 호현이와 그 패거리였던 애들은 지금 얼마나 괴로울까. 그가 TV에 얼굴을 내밀 때마다 과거의 상처가 되살아나고, 그가 순진한 척 '살인 미소'를 지을 때마다 죽이고 싶지 않을까.

사실 그의 패거리였던 애들도 편치 않긴 마찬가지일 거다. 그 때문에 학창 시절이 망가지고 더럽혀졌으니까. 정신을 차렸다면, 지금쯤 그의 술수에 놀아났던 흑역사를 지우고 싶을 것이다.

드라마를 보는 내내, 아니 그 이전부터, TV에 그가 등장했을 때부터 은근 기다렸다. 그에게 당한 애가 한두 명이 아니니 누군가 온라인 커뮤니티나 소셜 미디어에 글을 올리길, 누구라도 나서서 폭로하길 간절히 바랐다. 그렇게만 된다면 그의 몰락, 파멸을 볼 수 있을 테니까.

기다려도 그의 학교 폭력을 폭로하는 글은 올라오지 않았다.

'다들 꾹꾹 눌러 참고 있나 보네. 용기가 없어, 보복이 두려워 못 올리나. 이미 거대 소속사 소속이라 학교 폭력을 폭로해 봤자 소용없다고 생각하고 포기했나. 하지만 이건 아닌데. 그는 누구보다 악랄하지 않았나. 연예인 학교 폭력으로 오디션 프로그램에서 중도 하차한 이종빈이니 하는 일진들과는 비교도 안 될 만큼 교활하고 악랄한 역대급 악마인데 그를 보면서 살아야 하다니. 그를 보는 건 고통이고 고문이고 지옥인데. 그는 우리의 과거도 망쳤지만 현재도 망치고 있어.'

속수무책으로 2차 피해를 보는 현실이 답답했다. 더 심하게 당한 애들이 겪고 있을 고통을 생각하면 더 화가 치밀었다.

진영이도 그를 보았을까. 보고도 가만있는 걸까? 공부에 치여, 미래 걱정에 그냥 있기로 했나. 진영이는 그의 학교 폭력을 폭로하는 대신 울분을 참으며 손목을 긋고 있는지도 모른다. 손목에 난 수많은 칼금처럼 인생에 생채기를 낸 그를 저주하며.

사실 성빈이한테는 기대가 좀 컸다. 독서실에서 만났을 때 그가 품었던 분노, 독기를 생각하면 언제 나서도 이상할 게 없었다. 하지만 잠잠했다. 성빈이는 계산했을 수 있다. 반성하며 살겠다고 사과문을 발표하고 프로그램에서 하차했던 치들이 슬그머니 TV에 다시 얼굴을 내미는 걸 보면서 폭로하고자 하는 의지가 꺾였는지도 모른다. 계란으로 바위 치기고, 시간 낭비라 생각해 마음을 접었는지도.

그렇다면 태진이 때문에 인생이 완전히 꼬여버린 호현이에게 기대를? 물불 가리지 않는 성격이니까 충분히 그럴 수 있다. 하지만 단순 무식한 호현이도 알 것이다. 자기는 가장 큰 피해자이면서 가해자라는 걸. 그 또한 온갖 못된 짓을 일삼고 우리를 괴롭혔으니 나서서 폭로한다고 얻을 게 없다는 걸 알 것이다.

'그렇다면 나라도 나서야 하는 것 아닌가. 누구보다 악마에 대해 반감이 크고 예민한 내가 나설 때가 아닌가. 온갖 못된 짓을 한 악마가 아무 일도 없었다는 듯 활개 치며 벌이는 대국민 사기극을 막아야 하는 것 아닌가…….'

난 오늘도 요동치는 생각으로 컴퓨터 자판 앞에서 손을 떨고 있다.

그럴 때마다 다른 목소리가 들린다.

'네 아빠라는 사람은 가만두고 왜 걔를 폭로하려고 하는데? 악마도 가족이면 괜찮아? 가정에선 어떤 짓을 해도 다 용서가 돼? 그건 가족 이기주의 아냐? 그러니까 결국 너도 자기 자신, 제 가족의 잇속은 절대 포기하지 않고 챙기는 악마라고. 그동안 피해를 보는 친구들을 지켜보기만 한 것도 다 네 안전을 위해서였잖아. 나만 당하지 않으면 된다 이거 아냐? 그러니 악마와 다를 게 없어. 너 또한 악마라고.'